온기를
배달합니다

온기를 배달합니다

최하나 장편소설

한끼
Han kki

차례

3장

나, 26세 김여울. 사람들은 나를 '요구르트 언니'라고 부른다. 그렇다. 나는 슬랙스에 셔츠를 입고 사원증을 걸고 출근하는 대신 형광 초록색 유니폼을 입고 제품을 싣고 다니는 카트 콩콩이를 몰고 일터에 나선다. 그리고 내 일터는 바로 우리 동네 유제품 영업소 계동 지점이다.

처음부터 요구르트 아줌마를 꿈꿨던 건 아니다. 하지만 내 오랜 소망을 이루기 위해서는 이게 최선이라고 생각했다.

"여사님, 실례가 안 된다면 하나 여쭤봐도 될까요? 이 일로 돈 많이 벌 수 있나요?"

놀이터 앞을 지날 때마다 콩콩이를 세워놓고 요구르트를 파시는 아주머니를 마주쳤다. 그러다 호기심을 참지 못한 어느날, 예의도 모르고 나는 감히 그렇게 물었다. 여사님은 씩 웃으시더니 이렇게 답했다.

"내가 이 일로 자식 셋을 대학을 보냈어. 큰아들은 이번에 장가간다고 해서 집도 하나 전세로 해주려고."

그 말에 나는 확신을 얻었다. 바로 이거라는. 그리고 다음 날 바로 계동 요구르트 대리점을 찾아가 이 일을 하고 싶다고 말했다. 나보다 열 살 정도 많아 보이는 점장님은 두 눈이 동그래져서 한참을 쳐다보더니 나를 한쪽 구석으로 데리고 가 진지한 목소리로 말했다.

"이 일, 쉽지만은 않아요. 한참 어린 것 같아서 이야기해주는 거예요. 보기에 카트 끌고 왔다 갔다 하면 돈이 쉽게 벌리는 것 같죠? 근데 밖에서 보는 것처럼 그렇게 만만한 일 아니에요. 쉬운 마음으로 덤비는 거라면 난 말리고 싶네."

나는 그 말을 듣고도 동요하지 않았다. 내 과거를 모르니 말릴 수도 있지.

나는 저소득층 가정에서 태어나 무료 급식을 먹고 자랐다. 내 방이 있긴 했지만 한 평 반 정도의 크기에, 천장 한쪽이 곰팡이 때문에 울어 벽지가 내려앉아 초라하기만 했다. 용돈은 단 한 번도 받아본 적 없어 학교를 마치면 다른 애들처럼 학원을 가는 대신에 온갖 알바를 해야 했다. 중학생 때는 길거리에서 전단을 돌렸다. 그때 할 수 있는 가장 만만한 일이었다. 고등학생 때는 유명 프랜차이즈 버거집에서 미친듯이 감자튀김을 튀겼고, 대학생 때는 동대문시장 안 식당에서 밥상을 이고 지고 날랐다. 그러다 돈이 조금 모이고 눈이 뜨였다 싶었을 때 아는 언니가 추천한 액세서리 도매 일을 하며 잔뼈가 굵어졌다. 평생에 알바 총량이 있다면 나는 스물여섯이라는 나이에 모두 채웠다. 고로 나는 그렇게 만만하지 않다. 이 일을 충분히 할 수 있을 거라는 확신이 내겐 있었다.

간절한 눈빛으로 점장님을 뚫어져라 바라보며 이력서를 쓱 내밀었다. 더불어 자기소개서도. 서류를 받아 든 점장님의 떨떠름하던 얼굴이 이내 획 바뀌었다. 휘둥그레진 두 눈으로 나와 이력서를 번갈아 보더니, 이내 조용히 박수를 쳐 보였다. 대기업 공채를 일찌감치 포기하기는 했어도 자소서 쓰는 솜씨만큼은 남에게 뒤지지 않았으니까. 500자 답변을 요구하는 질문 다섯 개에 답변을, 그것도 꽉꽉 채워서 소제목까지 달아 깔끔하고 정갈한 함초롬바탕 10포인트로 제출했다. 중요 포인트는 보기 좋게 굵은 글씨로 강조해서.

"그래도 젊은 사람은 좀 힘들 수 있는데…. 금방 그만둔 분들도 좀 계시고요. 괜찮겠어요?"

말은 그렇게 하면서도 막상 점장님은 서류에서 눈을 떼지 못했다.

"제 경력 사항 보시면 알겠지만 안 해본 알바가 없어요. 그리고 다 엄청 오래했어요. 아시잖아요, 학생들 방학 때만 잠깐 일하는 거. 근데 저는 학기 중에도 계속 했어요. 영 믿기지 않으시면 전화해보셔도 돼요. 맨 마지막에 일한 데가…."

나는 간절해 보이지만 부담스럽지는 않게 담백한 톤으로 대답했다.

"아이고, 알겠습니다. 그 간절함 보니 잘할 것 같네요. 일단 3일 동안 교육받고 나면 구역 배정해줄게요. 마침 그만두신 여사님이 한 분 계세요. 베테랑분이 하시던 구역이니까 마음 단단히 먹고 성실하고 열심히 해줘요. 그럴 거라 믿어요."

말을 끝마친 점장님은 내 자소서를 팔랑팔랑 흔들어 보였다. 나는 속으로 예스! 하고 외치며 90도로 꾸벅 인사를 하고 돌아나왔다.

약속한 프랜차이즈 카페에 가서 가장 저렴한 아이스 아메리카노를 한 잔 주문해 자리를 잡았다. 커피가 나오고 얼마 지나지 않아 헤이덤덤 언니가 도착했다. 헤이덤덤 언니는 경제 스터디를 함께하는 사람들이 모인 오픈채팅 방에서 만났다. 바빠서 스터디 참석률이 저조한데도 활발한 성격의 언니는 나를 잘 챙겨주었다.

"야, 진짜 할 수 있겠어? 하긴 너 정도로 챌린지 열심히 하는 멤버도 없긴 해. 미라클 모닝도 한 번도 안 빠지지, 또 뭐야 그 생활비도 매달 칼같이 10만 원씩 줄여서 인증하지. 게다가 이젠 움직이는 개인사업자로 대박 노리지."

"언니, 아직은 모르죠. 근데 저 진짜 간절해요. 3년 안에 1억 모으기 진짜 해 보일 거라고요."

"누가 뭐래. 딴 사람은 몰라도 너는 할 거 같다. 일 시작해도 챌린지 계속 할 거지?"

"그럼요. 이 일 해도 나머지 시간은 좀 있어서 챌린지 할 수 있어요. 부의 완성 꼭 해내야죠!"

"맞다! 나 이번에 유튜브 채널 하나 발견했어. 기존에 보던 거랑 좀 다른데, 일하면서 좀 더 적은 시간을 들여서 수익을 내는 게 목표래. 그래서 주식도 막 하루 종일 들여다보는 게 아니라 보조지표 이용하고, 그게 아니면 배당우량주 같은 데 넣어놓고 내 할 일 하면서 하는 거래. 젊은 나이에 자수성가한 사람들 위주로 초빙해서 인터뷰도 하니까 우리한테는 딱인 것 같아."

"채널 이름이 뭔데요?"

"'2030 가능성의 시작'."

"오, 이름 괜찮네요. 저도 한번 들어가서 볼게요!"

그 말을 하며 나도 모르게 기합이 들어갔다. 3년 동안 1억을 모으려면 매달 저축해야 할 돈은 약 280만 원. 요구르트 배달로 많이 버는 사람들은 월 600만 원도 번다고 하니, 판촉과 신규 계약 건을 많이 따내면 내게도 마냥 불가능한 일은 아닐 것이다.

이제 나는 부자가 되는 첫걸음을 떼었다. 1억을 먼저 모아 동대문에서 액세서리 도매 사업을 시작할 것이다(시장 안 식당에서 알바할 때 이미 루트를 꿰어놨다). 사업으로 돈을 모아 꼬마 건물을 사서 1층에는 카페를 들이고, 2층은 내 사무실, 3층은 내 집으로 해야지. 사업을 점점 키우다 보면 언젠간 나도 재테크 유튜브 채널에 나오는 100억 자산가가 되지 않을까!

1장

강아지를 부탁해

"이런 날도 출근해야지. 암."

흐린 하늘을 보며 기합을 불어넣었다. 친구들은 비 맞을 걱정 없이 실내에서 따뜻한 아메리카노를 호호 불어 마셔가며 조금은 편하게 일을 하고 있을 테지만 결코 부럽지 않다. 난 뛰는 게 체질이다.

교육은 어렵지 않았지만 만만하지도 않았다. 새벽부터 이른 저녁까지 종일 배달하고, 길거리에서 판매하는 건 꽤 체력을 요하는 일이었다. 하지만 우는소리를 할 새는 없었다. 내게는 이 길밖에 없다고 되뇌며 악착같이 선배님을 따라다녔다.

"여울? 여울 씨라고 할게. 그렇게 안 봤는데 솔직히 대단하네. 젊은 사람이 이렇게까지 버텨내는 게 쉽지는 않을 텐데."

"에이, 여사님도 하시는데 저는 더 열심히 해야죵. 근데 대단도 하셔라. 보면서 내가 다 감탄했자나아."

나는 살짝 혀 짧은 소리를 내며 살갑게 답했다. 이건 내가 동대문시장에서 터득한 스킬 중 하나다. 어른에게는 무조건 싹싹하게. 어린 나이를 티 내지 않으려고 일부러 센 척하지 말기. 괜한 기 싸움도 금지. 때로는 친근한 반말을 활용해서. 나는 영하 3도의 날씨에도 온몸이 땀으로 젖을 만큼 열심히 배우고 또 배웠다.

어느새 혼자 일을 한 지 일주일째다. 자기 전에 다음 날 날씨를 확인하고 그에 맞춰서 내복과 기모 스타킹을 꺼내놓으며 만반의 준비를 하긴 하지만, 한겨울에 비까지는 아직 견딜 자신이 없었다. 꾸물꾸물한 하늘에서는 금방이라도 비가 쏟아질 듯했다. 예상 강수량은 303밀리리터. 기상청에서는 30년 만의 겨울 폭우라고 했다. 오늘 내가 배달해야 할 유제품은 30종에, 배달지는 50가구. 배달할 집이 늘수록 힘들어지는 건 맞지만 그만큼 고정 수입이 늘어나는 것도 사실이다. 일을 이제 막 시작한 나에게는 배달할 곳이 있다는 것만으로 감사해야 할 일이었다.

'자, 약한 소리는 인제 그만.'

나는 형광 초록 유니폼을 입고 집을 나와 대리점을 향해 빠르게 걸었다. 차가워진 양손은 주머니에 쏙 넣은 채로.

"아이고, 여사님 오셨어요? 일찍도 나가시네. 수고 많으세요."

"…."

남계동 여사님은 나를 본척만척한다. 텃세가 있을 거라고 이야기를 듣긴 했지만, 기껏 너스레를 떨며 건넨 인사에 무대응만 돌아오니 머쓱하기만 했다.

"아이고오, 젊은 아가씨 나왔네에? 이거 한 입 먹어봐."

서계동 여사님은 매일 구운 달걀을 한 판씩 가져오셔서 모두에게 하나씩 나눠주신다. 입까지 배달은 서비스! 다행히 나를 좋게 봐주셔서 한 번씩 뻘쭘한 상황이 찾아오면 이렇게 분위기를 바꿔주신다.

"또 이런 걸! 아이, 여사님 안 그러셔도 되는데…. 여사님 사랑 때문에 제가 살이 통~통하게 오른다고요."

나는 그 말을 하면서 씽긋 웃어 보였다. 서계동 여사님은 한 손으로 달걀을 먹여주시면서 다른 한 손으로는 내 등을 살살 토닥이셨다.

"예쁘다, 예뻐! 잘 먹으니 예뻐!"

실은 나도 짐작하고 있다. 남계동 여사님이 내게 거리를 두고 무시하는 까닭을. 이 '요구르트 배달원'이라는 직업의 특성상 일하는 사람이 자주 바뀐다. 가뜩이나 각자 다른 동네 배달을 다니느라 함께 보내는 시간이 절대적으로 적어서 정을 붙이기도 쉽지 않은데, 어렵게 붙인 정이 무색하게 사라져버리는 것이다. 이런 상황을 자주 겪다 보면 자연스럽게 새로운 사람에게 거리를 두게 되고, 무뚝뚝해진다. 남계동 여사님도 그러리라. 나는 내가 어떻게 할 수 없는 일에 더는 감정 소모하지 않고, 얼른 나의 사랑스러운 콩콩이에 유제품을 담아 길을 나서기로 했다. 나에겐 배달해야 할 집이 아직 50가구나 있소이다!

"오늘도 조심히!"

서계동 여사님이 뒤에서 손을 흔들어주셨다. 나 역시도 "조심히!"라고 외치며 손 키스를 날려 보냈다.

"왜 이렇게 안 나가지?"

간밤에 충전을 해두었는데도 카트가 잘 나가질 않았다. 사실 이 길은 너무 가팔라서 걸어서 가기에도 쉽지 않은 경사로 유명하다. 하지만 내가 배달해야 할 아파트는 저 언덕 위에 자리 잡고 있다. 그래서 평지 대로변까지 500미터가 조금 넘는 거리지만 주민 대부분 마을버스를 탄다. 하지만 나는 그럴 수가 없다.

힘을 주어 발판을 밟으며 올라가보려 애를 쓰다가 결국 멈춤 버튼을 누르고 수동으로 밀고 올라가기 시작했다. 옷 안으로 스며들던 추위가 몸의 열기와 만나 어느덧 김으로 변해 모락모락 피어나는 걸 느낄 수 있었다.

"웃차!"

다시 젖 먹던 힘까지 짜내어 언덕을 올랐다. 그리고 20여 분의 사투 끝에 나는 땀범벅이 되어 목적지에 안착할 수 있었다. 가쁜 숨을 몰아 내쉬며 카트에서 배달할 유제품들을 꺼내는데, 그 위로 물방울이 떨어져 내리기 시작했다. 하늘은 어느새 시커멓게 변해 있었다.

"비?"

나는 얼른 유제품이 젖지 않게 봉지에 소분해서 넣고는 입구를 느슨하게 두 번 묶어 봉했다. 빗물이 들어가지 못하게 하면서도 쉽게 풀 수 있도록. 거세진 비는 이내 폭풍처럼 몰아치기 시작했다. 겉에 우의를 입었지만 소용없었다. 게다가 강풍까지 더해져 내 몸은 종이 인형처럼 속수무책으로 이리저리 흔들렸다.

"안 돼!"

강풍에 휩쓸리지 않게 몸을 지지하려는 사이 봉지 하나를 떨어뜨렸다. 그러자 그 안에 있던 제품이 언덕을 따라 굴러 내려가기 시작했다. 나는 카트를 세워두고는 굴러가는 제품을 따라 달렸다. 하지만 가파른 경사에 거센 바람까지 부니 물건에 가속도가 붙어 순식간에 굴러 내려갔다. 나는 폭우로 눈조차 제대로 뜨지 못한 채 허우적댈 뿐이었다. 그 순간, 뭔가가 내 품에 달려와 폭 안겼다.

"강아지? 웬 강아지?"

눈을 가늘게 뜨고 보니 하얀 털 뭉치였다. 녀석은 또록하고 까만 눈동자를 굴리더니 나를 쳐다봤다.

경황이 없어 얼떨떨한 것도 잠시, 나는 한 손으로 아이를 품에 안고 다른 손을 뻗어 유제품을 주우려고 필사적으로 애를 썼다. 다리를 쭉 펴서 아스팔트 도로 위를 뒹굴고 있는 요구르트 하나는 멈춰 세웠는데, 나머지 하나는 손을 뻗어서 간신히 줍고 보니 한쪽이 터져 유제품 특유의 시큼하고 달달한 냄새가 퍼져나가고 있었다. 결국 두 개만 수거하고 나머지 여덟 개는 모두 놓쳐버렸다.

'망했다.'

이 와중에 내 품에 뛰어든 이 하얀 털 뭉치는 어떻게 해야 할까. 콩콩이 안에 태울까도 생각해보았지만, 자리도 충분치 않은 데다가 숨이 막힐 것 같아 걱정이 되었다. 하지만 폭우가 쏟아지고 번개까지 치는 길바닥에서 품에 달려든 조그만 강아지를 모른 체할 순 없는 노릇이었다.

고민하는 사이 나는 완전히 젖어버렸다. 그걸 아는지 모르는지 강아지는 연신 내 입가를 핥으려 했다.

"비 닦아주려는 거야? 그런 거야?"

나는 다른 손으로 강아지를 고쳐 안고서는 카트를 반대 방향으로 끌기 시작했다. 언덕을 내려가 대리점에 들르기 위함이었다. 한 손으로 강아지를 안고서는 내리막길을 자동 주행 모드로 가기는 위험하니까. 나는 비에 젖어 오들오들 떠는 아이를 품에 넣고 단단히 잠근 후에 수동 모드로 언덕길을 내려가기 시작했다. 개고생도 이런 개고생이 따로 없다. 그때 갑자기 전화 벨이 울리기 시작했다.

"아이, 뭐야. 왜 꼭 이럴 때만!"

중간에 멈춰 서기도 힘들어서 어떻게 해야 할지 오도 가도 못하고 잠시 망설였다. 그러자니 짜증이 일 것 같아서 일단은 계속 내려갔다. 벨소리를 무시하고 언덕 아래에 다다를 무렵, 끊겼던 벨소리가 다시 울렸다. 급한 일인가 싶어 잠시 서서 몸으로 카트를 지탱하고 간신히 휴대폰을 꺼내 전화를 받았다.

"아이고! 요구르트 언니! 좀 도와줘요."

"네? 제가 번호를 확인 못 해서요. 혹시 어디신가요?"

"지난번에 요구르트 좀 시켜 먹을까 하고 혹시 몰라 번호 저장해뒀어요. 급한 일이 생겼는데 부탁할 사람이 없어서 말이지.

요구르트 언니만큼 발 넓은 사람이 없잖아. 다른 게 아니라 우리 콩순이가 집을 나간 거 같아. 잠깐 문이 열린 틈을 타서 빠져나갔나 본데, 혹시 우리 콩순이 보면 연락 좀 줘요."

"콩순이요? 강아지? 고양이?"

"하얀 강아진데 나의 보디개드여. 쬐깐하고 귀여워. 목걸이에 콩순이라고 적혀 있어요."

'혹시?'

나는 설마 하는 마음으로 품속에 넣어둔 강아지의 목덜미를 만져보았다. 강아지를 더듬는 사이 카트가 내 쪽으로 쏠리는 느낌이 났다. 나는 다른 한 손으로 카트를 고쳐 잡았다.

"저, 제가 지금 데리고 있는 강아지가 있는데요. 한번 확인하고 말씀드릴게요. 오! 맞네요. 콩순이. 콩순이라고 적혀 있어요!"

"아이고! 콩순아, 어떻게 거기까지 갔니. 하늘이 도왔네, 도왔어. 콩순이를 찾았다니 정말 다행이야. 아이고, 수고 많았어요! 미안한데 혹시 우리 집에 콩순이 좀 데려다줄 수 있어요?"

"집에 누구 안 계세요?"

"우리 딸이 있어요."

"그럼 혹시 따님이 내려오셔서 데려가시면 안 될까요? 제가 지금 배달이 밀려가지고요."

"그게… 딸이 못 나와요."

"네? 어딜 못 나가신다고요?"

"방에 있는데 못… 나가요."

"어디 아프세요?"

"아… 네! 좀 부탁할게요. 내가 요구르트는 다음 달부터 시켜 먹을게. 미안해요. 너무너무 고맙고요. 꼭 좀 부탁할게요."

전화는 그렇게 끊겼다. 슬며시 짜증이 치고 올라왔지만 다음 달부터 배달을 신청한다는 말에 애써 모른 체했다.

'거짓말이기만 해봐라.'

수동 모드를 해제하고 콩콩이에 올라탄 나는 속도를 올리기 시작했다.

신속! 정확! 문 앞 배송ㅡ!

222동을 찾기란 그리 어려운 일이 아니었다. 일주일 만에 이 동네 지리를 빠꼼이처럼 모두 익힐 수 있었던 건 동대문시장에서의 경험이 한몫했다.

당시 나는 건물 1층에 위치한 식당에서 배달 아르바이트를 했었다. 대부분 입점한 상가 주인들의 주문이어서 빼곡히 들어선 상가 위치를 빠르게 찾는 게 관건이었다.

"갔다 온나."

주문이 들어오면 나는 제일 먼저 큰 쟁반 위에 기본 반찬과 국을 놓았다. 그런 다음 머리에 수건 하나를 척 얹고, 그 위에 쟁

반을 이고 계단을 올랐다. 도매상가는 길게 뻗은 씨줄과 날줄 같은 통로가 만든 네모난 구획들로 나뉘어져 있는데, 통로에 구경꾼이 한둘이라도 서 있으면 한 사람 지나가기도 비좁을 만큼 협소했다. 비슷한 것들을 취급하는 매장들이라 간판 디자인마저 통일되어 있으니 미로와 같은 그곳에서는 까딱 잘못하면 길을 잃기 십상이었다. 나는 쟁반을 머리에 이고서는 아슬아슬하게 계단을 오르며 복잡한 미로와 같은 상가의 호수를 익혀나갔다. 하루에 5만 보 가까이 걸으며 고생했지만, 덕분에 체력도 좋아졌고 길눈도 밝아졌다. 특히나 길을 잃기 쉬운 복잡한 곳에서 방향을 찾아내는 건 누구와도 비견할 수 없는 나만의 특기가 되어버렸다. 그 경험 덕에 일주일 만에 달동네며 빌라촌이며 대단지 주공아파트를 품고 있는 북계동 지리도 어렵지 않게 익혔다.

'아파트 동 호수만 있으면 찾는 거야 식은 죽 먹기지.'

그렇게 생각하며 콩콩이를 주차 모드로 변경하고 콩순이를 품에 안은 채 7층으로 향했다.

"저기요. 저기요? 계세요?"

벨을 아무리 눌러도 답이 없자 나는 급한 마음에 문을 두드리며 소리치기 시작했다. 하지만 여전히 답은 돌아오지 않았다.

'아프서서 대답도 못하시는 건가? 문 여는 것도 힘든가? 아님

잠드신 거?'

머릿속으로 몇 개의 시나리오를 떠올려봤지만, 속사정을 알 수는 없는 일이었다. 나는 고함을 치며 더욱 세게 문을 두드렸다. 이쯤 되면 나오겠지. 제발 빨리 나와라.

"저기요! 배달이요! 빨리요! 콩순이 땜에 어머님 전화 받고 왔어요!"

하지만 닫힌 문은 도무지 열릴 기미가 보이지 않았다. 대신 복도로 난 주변 집들의 문이 열리며 짜증이 난 이웃들만 고개를 쏙 내밀었다.

"거, 좀 조용히 해요."

"안에 사람 없나 보지."

"휴대폰으로 연락해봐요."

나는 결국 콩순이를 한쪽 팔로 안고서는 휴대폰으로 어머님께 전화를 걸었다. 하지만 신호만 갈 뿐 받질 않았다. 전화 연결음만 계속 듣자니 신경질이 나 발로 문을 대차게 차줄까 하는 생각이 들었다.

'더 늦어지면 오늘 컴플레인 장난 아니게 들어올 텐데.'

아직 배달할 집이 마흔여덟 곳이나 남아 있었다. 그렇다고 콩순이를 데리고 다니며 일을 할 순 없는 노릇이었다.

한참을 골몰하다가 에라이, 모르겠다 하는 심정으로 문손잡이를 돌려보았다. 그런데 이게 웬걸. 문이 쉽게 열렸다. 나는 콩순이를 내려놓기 위해 문틈으로 몸을 살짝 들이밀었다. 그때 낯선 이와 눈이 마주쳤다.

"악!"

나는 깜짝 놀라 뒤로 나동그라질 뻔했다. 무릎이 튀어나온 바지에 반소매 티셔츠를 입은 채 머리가 잔뜩 떡 진 여자가 입가에 빨간 소스를 잔뜩 묻히고는 한 손에 컵을 들고 서 있었다.

"뭐야!"

상대도 단단히 놀란 듯싶었다. 이렇게 오래 문을 안 열고 버텼으니 이쯤 되면 포기했겠지 하고 생각했을지도 모르겠다.

"저기요. 왜 안에 계시면서 문을 안 열어주세요? 저도 배달 때문에 바쁜데."

"아…. 그…게 못 들었어요."

"못 들었다고요? 그렇게 크게 쾅쾅거리면서 소리쳤는데요?"

"뭐 다른 거 듣고 있었어요."

"어휴, 참…."

나는 콩순이를 바닥에 내려놓고 말했다.

"얘 때문에 온 거예요. 어머님이 집 나갔다고 데려다주라고 하셔서요."

"네."

성의 없는 짧은 대답만을 남기고 그녀는 방 안으로 쑥 들어가서는 문을 잠가버렸다. 고맙다는 말까지는 기대하지 않았어도 이렇게 홀대받을지는 몰라 황당했지만, 더는 허비할 시간이 없었다. 빈정 상한 마음을 뒤로하고 돌아 나오려는데, 비에 젖은 콩순이가 마음에 걸렸다.

'하이고, 오지랖도. 씨.'

나는 방바닥에 무릎을 대고 집 안으로 좀 더 기어 들어가 문간에 있는 그녀의 방문을 두드리며 말했다.

"저 강아지요, 비에 쫄딱 젖어서 이렇게 놔두면 감기 걸릴 것 같아요. 좀 말려주셔야 할 것 같은데…."

하지만 여전히 대꾸는 없었다.

'몰라. 이제 알아서 하겠지. 내가 남의 집 강아지 수발까지 들어야 해?'

새초롬히 닫힌 방문을 노려보다 복도로 나와서 현관문을 쾅하고 닫았다. 하지만 발이 쉽사리 떨어지지 않았다. 나를 빤히 바라보던 그 새카만 눈동자가 머릿속을 떠나지 않았다.

"하여간, 김여울!"

나는 다시 문손잡이를 조심히 열고 들어가 허둥거리며 화장실을 찾았다. 드라이어와 수건을 챙기고는 콩순이를 불렀다.

"콩순아, 이리 와봐. 착하지? 이리 와."

밖에서는 잘만 따르던 콩순이는 왜인지 다가오질 않고 소파 밑으로 기어 들어가 몸을 바싹 웅크리며 경계했다.

"그러지 말고 이리 와봐. 아까는 이모한테 잘 왔잖아. 응?"

나는 애타는 마음으로 콩순이를 부르기 시작했다. 하소연도 해보고 특이한 소리도 내봤지만 소용없었다. 갑자기 회의감이 든 나는 결국 수건을 슬그머니 내려놓았다.

'내가 무슨 부귀영화를 누리겠다고 남의 집에서 남의 강아지 비위나 맞추고 있어?'

나는 다른 한 손에 들고 있던 드라이어까지 바닥에 내려놓고 주저앉아버렸다. 하지만 여기까지 온 이상 그냥 돌아갈 수는 없었다. 이미 정시 배달은 물 건너간 듯하고 칼을 뽑은 이상 무라도 잘라야 했다. 나는 다시 잠긴 문 앞에 서서 말을 걸었다.

"저기요. 콩순이가 비에 젖어서 덜덜 떨어요. 저렇게 냅두면 강아지는 폐렴 걸릴 수도 있어요. 제발요. 못 도와주시면 애기 꼬시기라도 하게 간식 같은 거 어디 있는지라도 알려주세요."

"…싱크대 밑 서랍 세 번째 칸."

들릴락 말락 한 소리가 문틈으로 새어 나왔다. 나는 속으로 유레카를 외치며 부엌으로 냉큼 달려가 싱크대 서랍을 활짝 열어젖혔다. 그러자 종류별로 소분해둔 각종 간식이 눈에 띄었다. 그중 하나를 꺼내 껍질을 까자마자 소파 밑에서 콩순이가 부리

나케 튀어나와 내 앞에 앉았다.

"이럴 거면서 그렇게 새침을 떨었어?"

나는 간식을 입에 물려줌과 동시에 콩순이를 들어 안고는 바닥에 던져둔 수건을 발로 차올려서 콩순이의 털을 탈탈 털어 닦기 시작했다. 콩순이는 간식을 먹어서 좋고 나는 할 일을 해서 좋으니 우리 둘 다에게 윈윈인 셈이었다. 그렇게 드라이어로 꼼꼼하게 마무리까지 해준 다음 인증 사진을 하나 찍었다. 어머님께 임무를 완수하였노라고 보고 겸 자랑을 하려고. 볼일을 마친 나는 쏜살같이 문을 닫으며 외쳤다.

"문 잠그세요!"

그리고 밀린 배달을 하기 위해 주차해 둔 콩콩이로 냅다 뛰기 시작했다.

저, 언제 오세요? 이 시간에 먹어야 배변을 할 수 있는데….

요구르트 아직 멀었어요?

주머니에 요구르트가 없어요. 누가 가져간 건 아니겠죠?

요거트에 그래놀라 부어서 아침 대용으로 먹으려고 했는데, 없네요. 늦으세요?

배달을 채근하는 문자와 부재중 전화가 잔뜩 와 있었다. 마음이 급했지만 이럴 때일수록 침착하게 확인하고 움직여야 한다는 건 다년간의 알바로 배운 것 중 하나다. 나는 제품을 종류별로 개수별로 두 번씩 체크하고 나눠 담아 양손에 가득 들고 서는 거의 날 듯이 배달했다.

"아이쿠, 죄송합니다."

주머니에 넣는 순간 제품을 가지러 나온 한 고객님과 마주쳤다. 나는 죄송한 마음에 90도로 깍듯이 인사를 했다.

"갑자기 일이 생겨서 늦었습니다. 다음부터는 신속! 정확! 문 앞 배송! 철저히 지키겠습니다."

군기가 바짝 든 멘트와 함께 나는 거수경례까지 붙여 보였다. 그러자 고객님이 씩 웃으며 수고하라는 말을 남기고는 제품을 챙겨 안으로 들어갔다.

안도의 한숨이 절로 나왔다. 하지만 아직 스무 곳이 더 남았다. 서두르지 않으면 안 된다고 생각하며 풀린 운동화 끈을 다시 한번 더 조였다. 그리고 콩콩이를 향해 발길을 서두르는데 전화벨이 울렸다.

"여보세요?"

"사진 봤어요. 너무 고마워서 어떡해."

"아, 콩순이네 어머님이시구나! 그렇죠?"

"맞아요. 내가 이 아파트 부녀회장이거든. 우리 부녀회에 싹싹한 아가씨한테 배달 좀 많이 시켜 먹으라고 밀어붙일게."

"아이고, 말씀만으로 감사해요. 그럼 다음에 인사드릴게요."

"저기요. 근데 혹시 우리 딸 봤어요?"

"따님이요? 네, 잠깐 마주쳤어요."

"아이고…. 혹시 말은 해봤어요?"

"몇 마디 하긴 했는데 말이라고 하긴 그렇고…."

"어머나, 세상에 웬일이야. 걔가 말을 했다고요? 정말로? 아이고, 천지신명님."

"그다지 대단한 말은 안 했고 그냥…. 근데 무슨 일 있으세요?"

"그게… 우리 애가 방에 틀어박혀서 말을 안 해. 우리랑 아예 소통을 안 해요. 내가 남부끄러워서 어디다 말도 못 하는데 아가씨랑 말을 했다니 놀라워서 그러지."

"근데 아까 말씀드린 것처럼 대화했다거나 그런 수준이 아니고 그냥 단답으로 할 말만 하고 들어가…."

"그래도 그게 어디야. 걔가 그런 지 3년이 넘었어. 그냥 내 가슴이 아주 시커멓게 타들어 가다 못해 잿더미라니까. 졸업하고도 취업이 안 되니 집에만 있다가 이 꼴이 났어, 아주 그냥. 가족하고도 말 한마디 안 섞는데 기적이네. 기적이야."

"아니, 기적이라고 하실 것까지는…."

"저, 아가씨. 이참에 부탁 하나만 하자. 내가 진짜 약속할게. 부녀회원들이랑 싹 다 해서 일단 스무 집 배달 넣는 거로. 대신 우리 딸 좀 방에서 끌어내주라. 아니, 말벗이라도 해주라. 응?"

"제가요?"

상상도 못한 부탁에 놀라기는 했지만, 그보다는 신규 계약을 터주겠다는 말에 솔깃했다. 게다가 결과와는 상관없이 먼저 그렇게 해주겠다는 게 아닌가. 나는 머릿속으로 계산기를 두드리기 시작했다.

"해줄 수 있어요? 해줘. 사람 하나 살린다는 셈 치고 해줘요. 응?"

부자가 되려면 비범해져야 한다. 비범하다는 것은 남들 하는 것만 하는 게 아니라는 뜻이다. 고로 이 부탁을 들어주어야 한다. 나는 금세 결론을 내렸다.

"어머님, 신규 계약 진짜 해주시는 거죠?"

"그럼! 당장 오늘 해줄게. 그 대신 우리 딸 좀 방에서 끌어내주는 거야. 나 아가씨만 믿을게."

이때 나는 훗날 이 거래를 두고두고 후회하게 될 것이라는 걸 미처 몰랐다. 방에 갇힌 청춘을 세상 밖으로 꺼내는 일이 얼마나 어려운지 그땐 정말 꿈에도 몰랐으니까.

세상 밖으로 세 걸음

오늘은 평소보다 1시간 일찍 일어났다. 부탁받은 일이 마음에 걸리기도 했고 얼마만큼의 시간이 필요할지 몰라서였다. 유니폼으로 갈아입고 중무장을 한 다음 새벽 4시 30분에 집에서 출발했다.

"아니, 벌써 왔어요? 오늘은 빨리 왔네."

서계동 담당하시는 여사님이 나를 보고 깜짝 놀라 우뚝 서서 말을 거셨다. 그러고는 젊은 친구가 열심히 하는 게 기특하다며 싸 오신 구운 달걀을 손에 쥐여주었다.

"이것도 먹어봐."

동계동 담당 여사님은 뜨끈뜨끈하게 데워 온 두유를 주시면서 내 등을 두어 번 토닥이셨다. 나는 넙죽 인사를 하고는 달걀과 두유를 냉큼 받아 입에 넣었다.

"너무 무리는 하지 마."

"아니야, 젊을 때는 강철도 씹어먹는다잖아. 그냥 하게 냅둬. 얼마나 보기 좋아."

하지만 남계동 여사님은 여전히 말없이 나를 본체만체하고는 제품 정리에만 몰두했다. 냉랭한 여사님 탓에 다른 분들이 오히려 눈치를 보았다. 나는 소리를 내지 않고 괜찮다고 입 모양으로 내 마음을 전했다. 그때 점장님이 다가와 소곤소곤 말했다.

"여울 씨 오고 나서 지점 분위기가 활기차진 것 같아요. 거는 기대가 커요. 그리고 이렇게 열심히 하는데 인센티브 한번 제대로 받아야지. 아직은 갈 길이 좀 멀지만 누가 알아? 단체 주문이라도 딱 따내서 앞으로 치고 나갈지? 그렇죠?"

그 이야기를 듣자니 온몸에 기운이 솟아나는 듯했다. 이렇게 꾸물거릴 때가 아니었다.

어두컴컴한 하늘을 뒤로하고 일찌감치 나서기로 했다.

언덕 위 아파트로 향하는 발걸음이 분주했다. 충전해놓은 콩콩이의 주행 버튼을 누르고 올라서서 페달을 밟으니 앞으로 조금씩 전진했다. 참고로 이 카트의 최대 속력은 시속 10킬로미터라 인사 사고가 날 위험은 별로 없지만 살짝만 부딪혀도 크게 다칠 가능성이 있는 어르신이나 아이들이 오가는 동네에서는 각별히 조심해야 한다. 오늘도 발발거리며 가파른 언덕을 오르는 콩콩이가 귀엽기도 하고 대견하기도 해서 사진을 하나 찍었다.

#새벽출근 #공기웬일이니 #요구르트언니

해시태그를 정성껏 달아 인스타그램 업로드까지 완료.

아파트 단지 내에 도착했다. 이제 배달할 시간이다. 분류해놓은 제품들을 세팅하고 콩콩이는 주차 모드로 바꿔놓은 다음 발바닥에 불이 나게 뛰어다니기 시작했다. 다행인 건 아직 출근 시간이 아니어서 엘리베이터를 마음대로 이용할 수 있다는 것! 오르락내리락하며 50여 곳의 집 배달을 마치니 온몸이 땀으로 젖어 있었다. 어느새 어둡기만 하던 하늘도 조금은 밝아졌다. 조용했던 단지 내에 정겨운, 자잘한 소음이 차오르기 시작했다. 사람들이 슬슬 하루를 시작하는 모양이었다. 나는 메시지를 보냈다.

선생님, 오늘 댁에 방문하면 되는 걸까요?

잠시 후 1 표시가 사라지며 메시지가 도착했다.

오늘부터 해주면 나야 좋지. 문 너머로 요구르트 언니 올 거라고 언질은 해뒀어요. 답을 못 들었지만. 우리는 벌써 출근했으니 한번 가봐요. 비밀번호는 2438#이고, 들어가면 콩순이가 반갑다고 조금 짖을 건데 그냥 내버려두면 그러다 말아요. 잘 좀 부탁할게요.

나는 계약 건을 입에 올리려다 멈칫했다.

'아직은 그럴 때가 아니지. 무슨 성과를 좀 보여줘야 당당하게 이야기할 수 있지. 암, 그렇고말고.'

나는 의지를 다지며 115동을 빠져나와 222동으로 이동했다.

'진짜 이렇게 들어가도 되나?'

현관문을 코앞에 두고 나는 조금 망설였다. 막상 남의 집에 비밀번호까지 누르고 들어가는 게 맞는지, 그래도 되는지 주저가 되었다. 주인 없는 집에 이렇게 들어가도 되나? 아니, 없는 건 아니고 주인이 있긴 있는데….

'괜찮아. 허락도 받았잖아. 그리고 요즘에는 집에 현금이고 뭐고 없어서 뭐가 없어질 일도 없어. 나를 의심할 일이 없다고. 괜찮아. 들어가. 빨리 끝내버리자. 이렇게 시간을 축내고 있을 여유가 없다고!'

대리점 화이트보드에 그려진 실적 그래프가 떠올랐다. 모두가 예상하듯 내가 꼴찌였다. 아직 단골이 확보되지 않았으니 그런 결과를 받아 드는 게 이상하지 않지만 내 이름 위에서 곤두 박질친 그래프를 보고 있노라면 명치께가 답답해지면서 조급한 마음이 들었다. 아무튼, 나는 망설이던 마음을 고쳐먹고는 702호 문앞에 성큼 다가섰다. 그리고 문을 살살 두드렸다.

"저기요. 저기요. 계신가요? 어머님 허락받고 왔는데요. 들어가겠습니다."

혹시나 대답이 들려올까 봐 몇 초간 기다리다가 비밀번호를 누르고 집 안으로 들어섰다. 그러자 중문 안쪽에 있던 콩순이가 몇 바퀴를 빙글빙글 돌면서 반가운 듯 짖기 시작했다. 나를 알아보는 듯해 기특했지만, 아침 댓바람부터 시끄럽다는 민원이 들어올까 봐 얼른 손가락을 입에 대고 조용히 하라는 제스처를 취했다. 신기하게도 어머님의 말씀처럼 콩순이는 이내 짖기를 그만두고는 자신을 따라오라는 듯 부엌으로 안내했다. 식탁 앞에 다다르자 작은 쪽지와 함께 통이 하나 놓여 있었다.

이거 콩순이 간식이에요. 하나 주시고요. 혹시라도 허기지시면 찬장 안에 있는 간식 맘껏 드시고. 냉장고에 있는 주스도 드시고요.

나는 우선 통에 들어 있던 간식을 하나 꺼내서 콩순이에게 던졌다. 그러자 콩순이가 잽싸게 공중으로 날아오르더니 잡아채 먹었다. 그러고는 더 먹고 싶은지 내 앞에 앉아 애처로운 눈빛으로 쳐다보았다. 나는 하나를 더 꺼내 이번에는 콩순이 발

앞에 두고는 짐짓 근엄한 표정을 지으며 녀석을 시험해보았다. 그러자 정말 신기하게 이번에는 간식을 냉큼 먹지 않고 엎드려서 먹으라는 말이 나오기만을 기다리는 게 아닌가. 나는 그 모습을 잠시 기특하게 바라보다가 콩순이를 한 번 쓰다듬어 주고서는 얼른 먹으라고 말했다. 간식을 먹는 콩순이를 지켜보고 있자니 그제야 혼란스러움이 몰려왔다.

'이제 뭘 해야 하지?'

호기롭게 하겠다고는 답했는데 어디서부터 어떻게 시작해야 할지 막막하기만 했다. 그래서 우선 따님 방문에 귀를 대고서는 인기척이 있는지부터 확인했다. 아무런 소리도 들려오지 않았다.

'어쩌지?'

나는 방문 앞에 양반다리를 하고 얼마간 앉아 있었다. 여전히 인기척은 없었다.

"저기요. 계세요?"

나는 방문을 살살 두드리며 말했다. 하지만 대답은 돌아오지 않았다. 나는 문을 조금 더 세게 두드리며 목소리를 한 톤 높였다.

"저기요! 계세요?"

이번에는 콩순이까지 날 따라 방문을 긁으며 낑낑댔다. 그래도 여전히 문은 굳게 닫힌 채 열리지 않았다.

'이렇게까지 하는 건 아닌 것 같은데…'

혹시 열릴까 싶어 문손잡이를 잡고 조심스레 돌려보았지만 헛수고였다. 나는 그렇게 방문 앞에서 콩순이와 함께 기약 없이 기다리고만 있다가 결국 30분 정도가 지나 포기하고 집을 빠져나왔다. 별다른 전략 없이 온 게 패착이었다. 대실패였다. 이 결과를 어떻게 설명해야 싶어 고민하다가 어머님께 전화를 걸었다.

"저… 어머님. 오늘 따님을 못 뵈었어요. 인기척 없이 굉장히 조용히 계시더라고요. 몇 번 방문 두드리고 크게도 불러봤는데 아무런 답이 없으셔서 기다리다가 나왔어요."

"걔 안에서 무선 이어폰 끼고 노래 듣고 영상 보고 그러고 있을 거예요. 순순히 문을 열어주지 않을 거라는 건 알았지만…. 어휴, 알겠어요. 그렇다고 이대로 포기할 건 아니죠? 설마 그러진 않을 거죠?"

힘주어 말하는 통에 아니라는 대답이 쉽사리 나오지 않았다. 하지만 이대로 물러설 수는 없었다. 단체 신규 계약을 향한 길이 수월할 리는 없으니까.

"네, 그럼요. 제가 방법을 좀 더 생각해서 계속 두드려볼게요, 어머님."

"아이고, 고마워요! 내가 언니만 믿을게. 알았죠? 나 이제 들어가봐야 해서 이만 끊을게요."

나는 끊긴 전화를 두 손으로 받쳐 들고서는 그대로 몇 초간 움직이지 못했다. 이미 뱉은 이 약속은 반드시 지켜야 했다.

'그래, 함 해보자고.'

"오늘 어땠어요?"

의례적인 점장님의 질문을 덥석 물었다.

"힘들었어요."

"네? 왜요?"

"그게요, 점장님이시라면 어떻게 하시겠어요? 마음을 잘 안여는 고객이 있다면요. 그것도 아주 호락호락하지 않은 타입이라면요."

"음⋯. 그렇다면 먼저 상대에 대해 알아야겠죠? 저희 아버지가 맨날 하시는 말씀이 있거든요. 지피지기면 백전백승이라고. 상대가 뭘 좋아하는지, 또 뭘 싫어하는지 한번 알아보세요. 그럼 공략하기가 쉬울걸요?"

그 말에 나는 무릎을 탁하고 칠 뻔했다. 이거구나. 내가 아무 정보도 없이 덤벼들었구나. 나는 얼른 뒷정리를 마치고 인사를 한 뒤 대리점을 나섰다. 바삐 집으로 달려가면서 메시지를 남겼다.

혹시 따님이 뭘 좋아하세요? 좋아하시는 음식이나 취향이나 물건 같은 게 있을까요?

곧 답장이 도착했다.

걔 빵순이예요. 빵이라면 환장해요. 방 밖으로 안 나오면서도 식빵 같은 거 사다 놓으면 어떻게 귀신같이 알고 우리 없을 때 가져다 먹데.

나는 밤새 고민에 고민을 거듭하다가 동네 중고 거래 앱을 켰다. 거기에 해결책이 있을 것 같았다.

와플 마스터

오늘 아침은 조금 더 분주히 시작해야 했다. 드디어 비장의 무기를 가지고 길을 나서는 순간이니까. 어제 늦은 오후, 동네 중고 거래 앱에서 2구짜리 와플 메이커를 단돈 2만 원에 건졌다. 여기에 가정용 와플 반죽 1킬로까지 온라인으로 구매했다. 계획대로 착착 진행되고 있었다. 와플 메이커와 반죽을 챙겨 집을 나서는 어깨는 무거웠지만, 마음만큼은 가벼워 나는 몇 번이고 뛰어올라 두 발을 박수 치듯 맞부딪혔다. 마치 내게 박수라도 보내듯.

"어째 오늘은 더 일찍 나왔데?"

나를 보자마자 구운 달걀 한 판을 들고 반기는 서계동 여사님. 기어이 달걀 하나를 까서 내 입에 넣어주고는 등을 세 번 두드리셨다.

"아…. 일이 있어서요."

"일찍 일어나는 새가 벌레를 잡는 법! 난 자기가 맘에 들어."

나보다 일찍 도착해 이미 종류별로 제품을 분류해 카트에 싣고 있던 동계동 여사님이 말했다. 그 말에 애교 섞인 볼 하트로 답을 대신하고는 나도 얼른 일을 시작했다. 오늘은 단체 주문도 있어서 제품 종류가 조금 더 많다. 게다가 따로 할 일도 있고 말이지. 실은 그 일에 더 정신이 팔려 있었다. 나는 내 손으로 뺨을 살짝 쳤다.

'정신 차려. 이러다 실수할라.'

위에 좋다는 건강 음료 30개와 함께 오늘 배달할 제품을 차곡차곡 실었다.

"오늘 어째 들떠 보여?"

"저요? 티 나나요?"

"왜 주문이라도 많이 들어왔어?"

"그것도 그렇고요…. 맞아요."

점장님의 질문에 대충 얼버무리고는 손을 들어 인사를 해 보였다. 콩콩이의 시동을 걸며 나는 기도하듯 콩콩이의 차체를 쓰다듬었다. 그러고는 고사라도 지내듯 요구르트 한 병을 까서 콩콩이 주변을 돌아가며 뿌려주었다.

"자, 이제 출발이야. 잘 부탁한다."

새벽 5시 40분. 오늘도 일찍 하루를 시작.
#배달하는여자 #요구르트언니 #신속정확배달

콩콩이 위에서 인증 사진을 찍고는 오늘도 인스타그램에 업로드했다. 그리고 마음속으로 다짐하고 또 다짐했다. 빨리 돌리고 빨리 움직인다. 오늘은 더 신속하게!

어머님, 오늘도 찾아뵈면 되는 걸까요? 저 아마 8시 조금 넘어서 도착할 것 같아요.

아이고, 이렇게 이른 아침부터! 대단하십니다! 더 일찍 오셔도 되고요. 늦게 오셔도 되고요. 편한 시간에 들러줘요. 참, 내가 그렇지 않아도 두 명 꼬셔서 계약하라고 했어. 오늘 중에 모르는 번호로 전화 오면 그런 줄 알아요? 좋은 하루.

나도 모르게 크게 예스! 하고 외쳤다. 가뿐한 발걸음으로 근처 배달을 마치고는 8시가 되기 10분 전, 222동 앞에 도착했다.

숨 들이마시고, 숨 내쉬고. 문 앞에서 두어 번 심호흡을 한 뒤 살짝 노크하며 말했다. 물론 답이 돌아오지 않을 걸 알고는 있지만 아무래도 그냥 쑥 들어가기는 좀 그러니까.

"계세요? 저 들어갑니다. 놀라지 마세요."

비밀번호를 누르고 안으로 들어섰다. 지난번과 똑같이 콩순이가 제자리에서 두어 바퀴를 돌면서 나를 맞이했다.

"반갑다, 녀석아!"

콩순이를 번쩍 들어 올려 코에 코를 맞대고 부볐다. 녀석도 싫지 않은지 혀로 내 코를 핥아주었다. 나는 잠시 현관에 내려놓았던 배낭을 들고서는 부엌으로 갔다. 이 중대사에는 접시와 주걱 그리고 집게가 필수였다. 내 집도 아닌데 부엌을 헤집고 다니는 게 좀 어색했지만 어쩔 수 없었다. 여기저기 찬장을 열었다 닫았다 하며 분주하게 움직였다.

"그렇지!"

마침내 납작한 하얀색 그릇과 주걱 그리고 초록색 플라스틱 손잡이가 달린 집게를 발견했다. 나는 배낭을 열어 와플 메이커를 꺼내고는 가장 가까운 콘센트를 찾아 꽂았다. 메이커를 예열하는 동안 반죽을 꺼내 준비했다.

"자, 이제 시작해 볼까?"

나는 부푼 마음을 감추지 못한 채 방문을 흘깃 쳐다보다가 열이 오른 메이커 앞에 결연하게 앉았다. 인터넷에서 찾아본 와플 레시피는 꽤 만만했다.

하나, 예열된 와플 메이커에 반죽을 짠다.

둘, 5분 동안 익기를 기다린다.

셋, 다 구운 와플을 접시에 담는다.

그럼 완성! 하지만 내게는 무엇보다 와플 냄새가 문틈을 통해 방까지 흘러 들어가는 것이 중요했다. 손으로 열심히 부채질하며 방 쪽으로 냄새를 흘려보냈다. 노릇노릇 와플이 익어갈수록 참을 수 없이 고소한 냄새가 났다.

"아이고, 맛있겠다아!"

"너무 맛있겠다아, 그렇지 콩순아?"

나는 어느새 와플 메이커 옆에 앉아 기다리는 콩순이에게 일부러 큰 목소리로 말을 걸었다. 와플 메이커에서 노릇하게 잘 익은 와플을 집게로 꺼내 그릇에 담았다. 큰 거 하나는 모서리를 조금 떼어 콩순이에게 주고 나도 한 입 맛보았다. 바사삭하는 소리와 함께 겉 껍질이 부서져 내리자 드러난 속은 촉촉하기 그지없었다. 처음 만들었다고 보기 어려울 정도로 그럴듯했다. 나는 와플을 담은 접시를 들고 작은 방문 앞으로 가 노크했다.

"저기, 이것 좀 드셔보세요. 와플을 좀 구웠어요."

다섯 번 정도 두드렸지만, 답은 없었다. 다소 실망스러웠지만 분명 와플 냄새를 맡았을 거고, 밖으로 나오고 싶은 마음을 간신히 참고 있는 거라고 생각했다.

'처음이라 그래. 어떻게 첫술에 배가 부르겠어.'

한 번에 성공할 거라고는 생각하지 않았기에 그리 서운하지는 않았다. 대신 될 때까지 계속 와플을 굽겠다고 다짐했다. 이참에 와플 굽기를 마스터해보자 싶었다. 이것도 다 배움 아니겠어?

나는 와플을 담은 접시를 들고 좀 더 기다리다가, 접시 위에 덮개를 덮어 문 앞에 내려놓았다.

"문 앞에 뒀으니 꼭 식기 전에 드셔보세요!"

그러고는 집을 빠져나와 재빨리 222동 앞에 세워둔 콩콩이를 향해 뛰었다.

"요구르트 매니저 김여울입니다."

"맞네, 맞아. 우리 회장님이 하도 요구르트 좀 먹으라고, 싹싹한 아가씨가 열심히 일한다고 해서 전화했지. 내일부터 우리 집도 배달돼요?"

"네, 그럼요! 어떤 거로 가져다드릴까요?"

"요거트로 주세요. 맛있는 거로 좀 넣어줘요."

"몇 동 몇 호신지 문자로 한번 넣어주시겠어요? 제가 전화로 들으면 실수할 수도 있어서요. 감사합니다!"

잠시 후 기분 좋은 진동이 울렸다.

112동 701호.

나는 날아갈 듯 기뻤다. 약속을 지키시는구나 싶어 벅찼고, 이제 시작이라는 생각에 마구 들떴다. 한 건의 추가 계약으로 내게 떨어지는 수수료를 머릿속으로 계산하고 나니 금방이라도 부자가 될 탄탄대로를 걸을 일만 남았다는 생각까지 들었다. 그러려면 따님을 꼭 방에서 끌어내야 한다.

나는 기합을 넣으며 집으로 돌아갔다.

오늘도 온몸이 땀으로 흠뻑 젖었다. 형광 유니폼을 벗고 샤워를 먼저 했다. 따뜻한 물로 씻고 난 뒤 마시는 하이볼 한 잔이 요즘 내게 가장 큰 행복이자 기쁨이었다. 보통 오후 세네 시쯤에는 일이 끝나니 집에 오면 다섯 시 정도 된다. 그러니 저녁을 먹기도 전에 술부터 먹는 셈이었다. 하지만 걱정할 필요는 없다. 나는 친구들 사이 유명한 알쓰다. 알코올 쓰레기. 술을 좋아하지만 술을 잘 못 마셔서 이렇게 딱 한 잔 즐기면 끝이 난다. 내가 제일 좋아하는 건 편의점에서 파는 짐빔 하이볼. 그게 아니라면 싸구려 위스키와 탄산수를 사서 하이볼을 직접 타 마시기도 한다. 혼술을 이해하지 못하는 사람들도 있다는데, 나는 좋아한다. 이편이 제일 저렴하기도 하고. 위스키 바를 간다고 치면 한 잔당 못해도 만 오천 원은 받을 텐데 거기에 안주까지 더하면…. 생각도 하기 싫다. 가성비를 따지는 내게는 못 할 짓이다.

알딸딸하게 취기가 오르면 유튜브에 나오는 온갖 사장님의 일상을 찾아본다. 2천만 원으로 시작해 월 매출 1억을 올리는 무인점포 사장님, 허름한 모텔을 경매로 3천만 원에 사 시세 차익 2억을 남겼다는 모텔 사장님, 퇴직금으로 고시원을 인수해서 30대 초반에 월세 수익을 월 1천만 원 낸다는 사장님…. 그들을 보며 나도 요구르트를 열심히 팔아 번 돈으로 내 사업을 해 꼭 어깨를 나란히 하겠다는 꿈을 꾼다. 나는 완벽히 준비되어 있다. 돈만 빼고는. 일단 사업만 시작하면 문제 없다. 내겐 다 계획이 있다. 나는 그 꿈을 이 5평의 좁아터진 원룸에서 꾼다. 그러다 보면 해가 진다. 10시가 되면 잠에 취해 더는 뭔가 할 수가 없어진다. 그렇게 까무룩 잠들면 하루가 끝난다.

"오늘은 크림도 좀 발라보자."

나는 와플 메이커와 반죽은 물론이고 미리 사둔 생크림과 초콜릿 시럽을 배낭에 넣었다. 달달한 데 달달한 거를 올리면 환상적인 조합이 되겠지 싶어 마음이 들떴다. 물론 그렇다고 문을 열어줄지는 장담할 수 없지만. 부지런히 나갈 준비를 하고서는 집 밖으로 나서 또 달리기 시작했다. 평소와 다름없는 대리점까지 가는 길이 유달리 길게 느껴질 만큼 들떴다.

"이제 붙박이 멤버가 되셨구만."

오늘도 서계동 여사님은 구운 달걀을 들고 하나씩 나눠주고 계셨다. 나를 보더니 이번에는 반을 갈라 소금까지 콕콕 찍어 입안에 넣어주셨다.

"일해야죠. 집에 있으면 뭐한데요?"

나는 엄지를 척 하고 세워 보이며 말했다. 그러자 이번에는 나를 본척만척하기만 했던 남계동 여사님이 경례를 붙이며 수고하라고 인사를 해 보였다. 나는 그 모습에 울컥한 나머지 남계동 여사님을 와락 껴안고 말았다.

"난 정말 여사님을 사랑한다니까."

"왜 이래, 징그럽게."

남계동 여사님은 나를 떼어놓으려고 했지만 쉽게 떨어질 내가 아니었다. 나는 볼까지 부벼 보이고는 마찬가지로 경례를 해 보이고는 가보겠다는 시늉을 했다. 그러자 남계동 여사님은 고개를 끄덕이며 손을 내저었다.

나는 오늘도 어김없이 제품을 잘 챙겨서 소분한 뒤 콩콩이에 담고는 길을 나섰다. 아파트까지 오르는 언덕길에서 두 손을 양쪽으로 뻗어 보이며 영화 속 한 장면을 따라 하기도 했다.

"나는 자유다!"

여러모로 보아도 자유롭다고 할 수 없지만, 곧 해낼 성공을 상상하니 자유가 머지않은 일처럼 느껴졌다.

"자, 빨리 올라가자."

나는 어느덧 배달의 마지막 코스가 돼버린 222동 앞에 섰다. 늘 그랬다시피 '계세요?'를 세 번 외친 뒤 비밀번호를 누르고 들어갔다. 콩순이에게 알은척을 하고서는 와플 메이커를 꺼내 세팅하기 시작했다. 크림과 시럽이 든 통 두 개는 옆에 놓고, 그릇과 집게를 준비해 자리를 잡았다.

'제발 오늘은 입질이 와라. 제발!'

내 마음을 아는지 와플 반죽은 잘 부풀어 올랐고 냄새 또한 심하게 고소했다. 그 냄새가 방 안까지 고스란히 날아들기를 바라며 손부채질을 했다. 5분이 지나자 노릇노릇한 와플 두 개가 완성되었다. 오늘은 와플 한쪽에는 생크림, 다른 한쪽에는 초콜릿 시럽을 발라 반으로 접고는 방문을 두드렸다.

"저, 와플 좀 드셔보세요. 오늘은 생크림이랑 초콜릿 시럽을 발랐어요. 맛있어요. 문 좀 열어보세요."

조심스레 말해보았지만, 여전히 문은 열릴 기미가 보이질 않았다. 맞은편 거울에 비친 내 입은 댓 발 나와 있었다. 이 정도 정성이면 한번 나와볼 만도 한데. 실망스러운 기분이 가시질 않아 그대로 방문 앞에 주저앉았다. 어느새 콩순이가 다가와 와플을 달라는 듯 기다려 자세를 취했다. 그대로 와플을 몽땅 줘 버리고 싶었지만 안 된다고 고개를 내저었다. 오늘도 접시에 덮개를 씌워 방문 앞에 두고서는 콩순이 몫으로 다른 와플을 한 조각 찢어 주고는 집을 나섰다.

열흘 정도 지났을까. 문이 열릴 거라는 희망은 사라지고 나는 패배감에 젖어가기 시작했다. 부녀회장님께 매일 아침 들어가도 되냐는 문자를 보내다가 면목이 없어 이제는 그마저도 하지 않았다. 어깨를 축 늘어뜨리고 대리점에 들어서자 여사님들의 시선이 집중되었다.

"무슨 일 있었어?"

"어디 아파?"

잠자코 고개만 절레절레 가로젓는데 홍삼 팩을 든 손이 불쑥 나타났다. 고개를 드니 남계동 여사님의 걱정하는 얼굴이 보였다. 울컥했지만 꾹 참고, 별일 아니라며 씩씩하게 홍삼 팩을 받아 들었다.

문을 열어주지 않는 그녀가 원망스러웠지만, 그보다 약속한 일을 제대로 해내지 못하는 내 자신이 더 실망스러웠다. 하지만 이내 마음을 다잡았다.

'아니야. 이 정도로 포기하지는 말자. 그래, 진짜 와플 마스터 가 된다고 생각하자. 문 생각은 잊고 그냥 매번 다른 와플을 정 성스럽게, 맛있게 굽는 거야. 그러다 보면 언젠간 문이 열리겠지.'

나는 유튜브로 온갖 와플 레시피를 찾아보기 시작했다. 생각 보다 와플 메이커로 만들 수 있는 요리의 가짓수가 참 많았다. 반죽에 오트밀을 넣어 열량은 낮추고 고소함은 더하는 오트밀 와플도 있고 크루아상 반죽을 와플 메이커에 눌러 만든 크로플 도 있고 아이스크림 토핑을 올려 바삭함과 시원함을 동시에 느 낄 수 있는 아이스크림 와플도 있었다.

'그래, 이거 다 변주해서 해보자. 블루베리도 얹어보고 크로 플에 아이스크림도 얹어보고 그 위에 콩고물도 뿌리고. 해볼 수 있는 레시피는 다 해보고 그래도 안 되면 그때 포기하자. 아직 은 아니야.'

배낭 속은 더욱더 다양한 재료로 차기 시작했다.

"자, 오늘은 오트밀 와플을 좀 구워봤어요. 앞에다 둘 테니 드셔보세요."

"오늘은 크로플을 만들어봤어요. 덮개로 씌워둘 테니 꼭 챙 겨 드세요."

"오늘은 콩고물도 얹어보았어요. 더 고소하겠죠? 한번 드셔보세요."

"블루베리 좋아하세요? 상큼한 블루베리 잼을 얹어보았답니다. 맛있게 드세요."

그렇게 열흘이라는 시간이 더 흘렀다. 나는 이제 내가 요구르트 언니인지 와플 마스터인지 헷갈리기 시작했다. 온갖 방법을 다 시도해도 열리지 않는 문 앞에서 번번이 좌절감을 느끼는 건 생각보다도 더 고통스러운 일이었다. 이제는 거의 포기하자는 심정에 가까워졌다.

'그래, 부모님도 못 하고 친구도 못 한 걸 생판 남인 내가 어떻게 하겠어. 세상에는 열심히 해도 안 되는 일이 있는 거지.'

나는 어느덧 반쯤 포기한 채 222동을 드나들고 있었다. 오늘은 기분이 내키는 대로 아이스크림을 한 통 샀다. 이 추위에 녹지는 않겠지만 혹시나 하는 마음에 평소보다 더 일찍 그 집을 찾기로 했다. 콩콩이를 주차하고 집 앞에 가서 문을 두드리고 들어가 콩순이랑 인사를 하고 와플을 구웠다. 그 모든 과정이 너무나도 익숙하고 자연스러워 놀랍기까지 했다. 구운 와플 위에 아이스크림을 얹고는 접시를 문앞에 내려놓으며 말했다.

"오늘은 아이스크림 와플을 구웠어요. 한번 드셔보세요. 녹기 전에 꼭이요!"

그러고는 뒤도 안 돌아보고 집을 나섰다. 돌아가는 길에 나는 조금 울었다.

"요즘 왜 이렇게 얼굴이 안 좋아 봬. 무슨 일 있어?"

"아뇨, 여사님. 제 볼살이 이렇게 통통한데 뭐가 안 좋아 보여요. 안 좋은 일 없어요. 걱정하지 마세요. 제가 자칭타칭 공식 비공식 우리 대리점 에너자이저잖아요."

"그래, 이러니까 평소 같고 좋네."

서계동 여사님과 이야기를 나누는데 쑥으로 만든 떡을 든 손 하나가 둘 사이를 쓱 비집고 들어왔다. 남계동 여사님이었다. 나는 그 손에 들린 떡을 받아 들고는 얼른 포장을 벗겨 한 입 베어 물고는 눈물이 그렁그렁한 채로 웃어 보였다. 남계동 여사님은 고개를 두어 번 끄덕이더니 먼저 길을 떠나셨다. 오늘도 먼 길, 힘든 길이 될 것 같아 한숨이 절로 나왔지만 꾹 참고 우렁찬 목소리로 다녀오겠다는 말을 남기고 출발했다.

'그래, 오늘이 정말 마지막이다.'

222동 앞에 카트를 세우고 무거운 발걸음을 억지로 떼어 움직였다.

"콩순아, 언니 또 왔어. 반가워? 내가 그렇게 반가워? 뭐가 그렇게 반가워? 고마워."

나는 힘없이 말을 건네고는 이내 자리를 잡았다. 오늘도 같은 루틴으로 시작했다. 그릇을 찾아 놓고 와플 메이커를 예열하고 크루아상 생지를 넣었다. 잘 익은 크로플 위에 콩고물을 솔솔 뿌리자 어느덧 바삭한 인절미 크로플이 완성되었다. 그리고 늘 그랬듯이 덮개까지 씌우고서는 방문 앞에 두었다. 나는 가방을 메고 돌아서며 말했다.

"오늘은 인절미 크로플을 만들어봤어요. 맛있게 드세요."

옅은 한숨을 쉬며 집을 나서려는데, 방문이 끼익하고 열리는 작은 소리가 들렸다. 반사적으로 고개가 향한 곳에는 머리가 잔뜩 떡 진 청임이 서 있었다. 꿈인지 생시인지, 환영은 아닌지 분간이 가지 않아 볼을 세게 꼬집어보았다. 아파서 눈물이 고인 나를 보며 청임이 입을 열었다.

"지난번에 아이스크림 와플이요…."

"네! 입맛에 맞으셨어요?"

"다 녹았더라고요."

"…네?"

예상치 못한 말에 잠깐 머뭇거리는데, 조금의 망설임과 약간의 웃음기를 머금은 청임의 눈이 보였다. 내 입에서 픽 하고 웃음이 샌 건 그때였다. 우리는 마주 보고선 한참을 웃었다.

화려한 아침

오늘은 어떤 재료를 챙길까? 이제 매일 밤 잠들기 전에 날씨를 확인하는 습관과 더불어 다음 날 구울 와플 재료를 생각하는 습관이 생겼다.

매일 아침 8시면 문지방을 사이에 두고 청임과 마주 앉아 와플을 먹는다. 아직 청임이 방 밖으로는 잘 나오려 하지 않아서 선택한 방법이다. 어쨌든 제 방이라고 마음이 좀 편한지, 청임은 걱정했던 것보다 훨씬 말을 곧잘했다. 대화의 주제는 대개 영화에 대한 것이었는데, 청임은 영화관도 안 가면서 어찌나 빠삭한지, 나는 가만히 듣고 있을 때가 많았다.

'이번에는 흑임자 와플이 어떨까? 그럼 흑임자를 좀 갈아서 준비해야 할 것 같은데…. 지금 사 오면 너무 늦으려나? 그냥 포기하고 블루베리 잼을 챙겨 갈까?'

나는 내일 아침 와플을 고민하며 얼굴에 미소가 슬며시 퍼지는 걸 느낄 수가 있었다. 아울러 청임에게 어떤 말을 할지, 어떤 이야기를 들려줘야 할지도 고민이 되었다.

띠리리릭. 띠리리릭. 띠리리릭.

알람이 정적을 갈랐다. 가볍고 상쾌하게 이부자리에서 몸을 일으켰다. 어젯밤에 챙겨놓은 반죽과 잼 그리고 와플 메이커를 배낭에 담고 유니폼 안에 얇은 옷가지를 겹겹이 챙겨 입었다. 대리점을 향해 내달리는 발걸음 역시 경쾌했다. 나는 가사도 제목도 알 수 없는 노래를 제멋대로 흥얼거리며 빠르게 걸었다.

"안녕하세요옷!"

반가운 마음에 기합을 잔뜩 넣어 여사님들과 점장님께 인사를 드리고는 바로 배달해야 할 제품들의 목록을 확인해 콩콩이에 싣기 시작했다.

'오늘은 단체 주문이 제법 있으니 헷갈리지 않게 봉투에다가 네임펜으로 크게 좀 적어놔야겠다.'

배달할 집이 이제 52곳으로 는 데다 간간이 들어오는 단체 주문과 길거리 판촉으로 판매는 순항 중이었다. 여전히 들뜬 마음으로 나는 형광 초록색 유니폼을 갖춰 입고서는 언덕 위 아파트를 향해 콩콩이를 몰았다.

"안녕하세요!"

"좋은 아침입니닷!"

지나가다가 눈이 마주치는 사람들에게 모두 인사를 건넸다. 내 인사가 당황스럽기도 하고 겸연쩍은지 이상한 눈으로 쳐다보는 이도 있었고, 떨떠름한 표정으로 받아주는 이도 있었고, 나처럼 활짝 웃으며 반갑게 받아주는 이도 있었다. 어떤 반응이든 좋았다. 모든 게 다 좋아 보이기만 했다.

배달하는 내내 청임의 생각이 났다. 문을 사이에 두고 마주 앉아 이야기하며 와플을 나눠 먹을 모습을 그리며 이 집 저 집으로 분주하게 돌아다녔다. 어느덧 청임의 집만 남겨두고 모든 배달을 마쳤다. 청임의 집을 올려다보며 짐이 잔뜩 든 배낭을 꺼내 메고 엘리베이터에 올랐다.

"계시죠?"

이제는 확신하고 문을 두드린다. 세 번을 노크해도 답이 없으면 비밀번호를 누른다. 집 안에 들어서서 중문을 살짝 열어 콩순의 마중을 받는다. 집 안은 컴컴하고 아무도 없는 듯 보이지만 나는 안다. 한 사람이 나를 기다리고 있다는 걸. 내가 준비할 아침을 먹기 위해 또 그만큼의 용기로 세상을 향해 나서기 위해 채비하고 있다는 것을 말이다. 나는 콩순이의 뽀뽀를 열정적으로 받아주고 난 뒤 부엌으로 가 으레 그랬던 것처럼 바닥이 납작하고 넓은 그릇 몇 개를 꺼냈다. 그리고 와플 메이커를 청임의 방 옆 콘센트에 꽂아 예열하고 손바닥을 가까이 대 온도를 확인한 뒤 반죽을 부었다. 처음에는 어느 정도로 예열해야 하는지 몰라 손을 데기도 하고 얼마나 오래 익혀야 할지 몰라 태워 먹기도 하는 등 실수도 많이 했지만, 이제는 능숙해졌다.

'노릇노릇해져라. 얍!'

기합도 섞어가며 나는 와플을 굽기 시작했다. 제법 고소한 냄새가 집 안 가득 퍼졌다 싶었을 때 와플을 꺼내 접시에 담았다. 그리고 준비해 온 블루베리 잼을 골고루 펴서 바른 뒤 반으로 접고, 같이 가져온 생크림도 그릇 가장자리에 듬뿍 짜놓았다. 이제는 노크만 하면 된다.

"와플 다 구웠어요! 같이 먹어요. 얼른요."

속으로 30초 정도를 세면 문이 끽 하고 열린다. 까치집을 한 청임의 머리가 먼저 보이고 보풀이 조금 일어난 수면 바지 그리고 맨발이 눈에 들어왔다.

"잤어요?"

"네…. 드라마 역주행하다가 2시간쯤 눈 붙였나?"

청임은 눈을 비비며 내게 말했다.

"뭐 봤는데요? 나도 좀 알려줘봐요. 오늘 퇴근하고 보게."

"퇴근하면 곯아떨어진다면서요? 볼 시간이 있어요? 볼 마음이 있는 사람한테나 알려주지. 막 안 알려주죠."

그 말을 하며 청임은 헤헤 웃었다. 나는 청임의 옆구리를 찌르는 시늉을 하고서는 자리에 앉았다. 그렇게 문지방을 사이에 둔 우리의 아침 식사가 시작되었다. 오늘은 포크와 나이프에 호텔식으로 접은 냅킨까지 갖춰 꽤 그럴듯한 상차림이었다. 청임이 얼른 보고 깜짝 놀라 한마디 해주길 기다렸다. 하지만 그녀는 호락호락하지 않았다. 청임은 오늘의 아침 구성을 한번 쓱 훑어보더니 오호 하는 가볍고 작은 소리만 내고는 식사를 시작했다.

"어때요, 맛이? 괜찮죠?"

"와플이잖아요. 와플인데 와플 맛이죠."

그 말을 하며 청임은 한 번 피식 웃어 보였다. 그녀의 성격을 조금은 파악했기에 그의 심드렁한 말에도 아무렇지 않았다.

무엇보다 이제 문을 열었으니, 다음 순서로 넘어가기로 했다. 나는 2주 전부터 청임과 식사를 하면서 어디선가 들은 명언이나 글귀를 공유하곤 했다. 그걸 들으면 청임은 입을 삐죽거리며 딴지를 걸거나 아무 말 없이 들은 체 만 체 식사만 하지만 그조차 귀하다고 여겨서 고집스레 이어갔다. 그리고 이 시간들이 쌓여 언젠간 청임이 현관문 바깥으로 어려움 없이 나가길 바라면서, 어젯밤에도 글귀를 하나 준비해 왔다.

"좋은 것들은 모두 작고 소박하다. 세상에 도움이 되는 것들은 모두 작은 것에서 출발한다."

그 말을 듣고 있던 청임은 갑자기 품 하고 웃음을 터뜨렸다.

"왜요? 뭐가 웃겨요?"

"아니, 세상에 좋은 건 모두 작고 소박하다면서요…. 그런데 회사는 내게 왜 이렇게 큰 걸 요구해요?"

"…."

"아니, 말이 그렇다고요."

입을 삐죽거리며 청임은 남은 와플을 잘라 입에 넣었다.

"어쩌면 청임 씨가 너무 크고 거창한 회사를 바라서 그런 건 아닐까요?"

"네?"

"솔직히 크고 좋은 회사 다들 가고 싶죠. 하지만 우리가 태어난 이유가 대기업에 가기 위해서만은 아닐 거잖아요. 좋아하는 일 하면서 적당히 버는 건 어때요? 난 그 정도로 좋아하는 건 없어서 잘 모르겠지만, 꼭 빛나는 자리만을 원할 필요는 없잖아요."

그 말을 하며 나 역시도 마지막 와플 조각을 포크로 찍어 입에 넣었다. 그녀는 나를 빤히 바라보았다. 아무 말 하지 않아도 나는 알 수 있었다. 그녀가 조금은 충격을 받았다는 걸. 사실 취업에 관한 이야기는 우리 둘 사이에는 비공식 금기라 그간 입에 올리지 않았다. 하지만 나는 잘 알고 있다. 상처와 아픔을 입에 올리고 남에게 소리 내 말하는 순간 극복할 수 있다는 사실을 말이다. 청임도 그 사실을 아는지는 모르겠지만 무의식적으로 그걸 깨달아가는 듯 보였다.

"나 무조건 대기업 바란 적 없어요. 그냥 내가 좋아하는 영화 일 하면서도 안정적인 일자리가 대기업밖에 없었을 뿐이에요. 그것만 아니었음 중소기업이든 어디든 가도 상관없었어. 진짜로. 근데 작은 회사는 임금 체불이 잦다잖아요. 최저시급도 안 준다잖아요. 그러니까 영화 일로 월급이라도 제때 받을 수 있는 직장에 목맬 수밖에 없는 거였죠. 공채 한 번 떨어지면 한 학기가 그냥 가요. 그동안 진짜 뭐 마려운 개처럼 지낼 수밖에 없어요. 발표날 며칠 전부터 소화도 잘 안 돼요. 긴장이 돼서. 뭐 어차피 떨어지긴 했지만."

청임은 그 말을 하고서는 접시 가장자리의 생크림까지 포크에 쓱쓱 묻혀 먹었다.

"근데 왜 그렇게 영화 일이 하고 싶었어요?"

"나는 어른이 되길 기다렸어요. 그러면 전 세계의 모든 영화를 제약 없이 볼 수 있잖아요. '하필'이라고 해야 할지, 그렇게 될 운명이었는지 고3 때 영화에 제대로 빠져서 여름방학 동안 잠도 제대로 안 자고 영화만 봤어요. 공부도 안 하고. 그러고는 깨달았죠. 내 인생은 영화다. 내 인생을 영화로 채우겠다고 다짐했어요. 혹시 자봉 해본 적 있어요? 저 영화제 자원 활동가를 5년이나 했어요. 돈 안 주는 일이에요. 근데 너무 좋았어요. 어느 정도냐면요, 5년 내내 한 번도 안 빠지고 간 단편영화 전문 영화제가 있는데, 장마철에 개막해서 그런가 항상 비가 오거든요? 야외에서 일하면 우비를 입어도 쫄딱 젖어버려요. 자봉 하는 첫 해에 밖에서 셔틀버스 안내하는 일을 하게 된 거예요. 밥시간을 놓치는 바람에 종일 쫄쫄 굶고, 비에 젖어서 몸은 축축하고…. 힘들어 죽겠는데 보고 싶은 영화가 하필 그날 밤에 걸린다는 거예요. 고민 엄청 했어요. 이렇게까지 고생하고선 영화를 봐야 할까? 고민하다가 그래도 여기까지 왔는데 보자 하고 기어코 갔는데, 참 신기하죠? 영화가 시작되니까 배고픈 것도 모르겠고, 힘든 것도 다 잊었어요. 저도 신기할 정도로. 다 젖은 우비 입고, 스태프 목걸이 한 채로 영화를 보는 모습이 웹진에도 실렸다니까요. 커뮤니티에서는 그 사진을 막 퍼가고요. 아무튼 영화를 그렇게 좋아했어요. 그 일을 하고 살면 아무래도 좋다, 싶을 정도로."

내가 소리 없는 손뼉을 치자, 청임도 으쓱하는 눈치였다. 청임의 이야기가 끝나자 나는 자리에서 일어섰다. 이제까지는 내가 둘의 접시를 싱크대 개수대 안에 넣어두면 우리 둘의 아침 식사는 끝이 났었다. 그런데 청임이 두 접시를 포개어 들고서는 자리에서 일어섰다. 나는 깜짝 놀라 그녀를 바라보고 섰다. 청임은 접시를 들고 문지방을 넘어 부엌으로 향했다. 콩순이가 그녀의 뒤를 쫓았고, 나는 그저 뒷모습을 바라보고 서 있을 수밖에 없었다.

"왜요?"

접시를 싱크대 안에 두고 돌아선 그녀를 빤히 쳐다보자 청임은 별일도 아닌데 왜 그러냐는 듯이 나를 쳐다보며 말했다. 나는 아무 말도 할 수가 없어 망연히 서 있었다. 얼마간 그렇게 서 있다가, 어렵게 입을 떼었다.

"혹시 콩순이 산책 같이 갈래요?"

그러자 청임은 입술을 꾹 다물고서는 고개를 좌우로 크게 저었다. 한 발짝 더 나가려다 오히려 세 발짝 후퇴하는 건가 싶어 곧바로 후회했지만, 실망감을 내비치지 않고 집을 나섰다. 하지만 오늘은 정말 수확이 있었다. 나는 복도를 미처 다 빠져나가기도 전에 펄쩍 뛰며 두 발을 공중에서 세 번이나 연속으로 맞부딪혔다.

'내 믿음이 틀리지 않았어!'

그리고 나는 어머님에게 문자를 보냈다.

청임 씨가 드디어 방 밖으로 나왔어요. 접시를 싱크대 개수대 안에 넣어줬다니까요! 콩순이 산책도 가자고 제가 선을 좀 세게 넘기는 했지만요.

다음 날, 흑임자 와플을 꼭 해서 먹이고 싶다는 생각에 전날 미리 온라인 쇼핑을 좀 했다. 곱게 간 흑임자를 주문했고, 잼보다는 싱싱한 과일을 먹이고 싶어 가격이 좀 나가지만 잘 익은 딸기도 두 팩 주문했다. 점점 접시는 풍성해지고 있었다. 와플 두 조각에 옆에는 꼭지를 딴 딸기를 네댓 개 올리고, 가장자리에 생크림을 짜면 정말 브런치 카페에서 먹는 메뉴와 다를 게 없을 듯했다. 준비물을 챙겨 집을 나서며 근사한 한 상을 상상하니 킥킥 웃음이 새어나왔다.

"자기 어제 왜 늦게 나왔어? 얼굴 못 보고 가서 내가 상심했잖아."

동계동 여사님은 어제부터 종목을 바꿨다며 두유 대신 선식을 셰이커에 직접 담아 우유랑 잘 흔들어 섞었다. 스틱으로 된 꿀도 하나 짜 넣어 내게 건넸다. 고소하고 달콤한 냄새가 반가워 냉큼 받았다.

"아이고, 여사님. 매번 이렇게 얻어먹기만 해서 어쩐대요."

"괜찮아. 나는 자기가 너무 기특한걸? 이렇게 캄캄한 새벽에, 이렇게나 젊은 자기가 어떻게 이런 일을 하려고 생각했나 몰라. 아마 남계동 형님도 그렇게 생각할걸?"

동계동 여사님은 남계동 여사님 쪽을 힐긋 쳐다보고는 말했다. 남계동 여사님은 은근슬쩍 고개를 돌리며 자리를 피하셨지만, 그 뒷모습을 통해 나는 답을 들은 듯했다. 선식을 두어 모금 더 먹고는 쌍 엄지를 내보인 채 출발 준비를 시작했다.

'뭐지…. 무슨 잔치라도 하시나?'

이번에는 주문량이 제법 많았다. 장에 좋다는 음료가 130개. 카트로 한 번에 실어 나를 수 없는 양이라서 대리점에 다시 왔다 가야 할 듯싶었다. 일단 원래 배달해야 할 제품만 우선 담고서는 부리나케 출발했다. 오늘은 조금 더 서둘러야 한다. 싱글벙글 웃으며 나는 단지 안을 날아다니듯 배달했고, 222동 차례가 되자 재료가 든 배낭을 챙겨 청임의 집으로 향했다. 그리고 이제는 할 필요도 없지만, 노크했다.

"계시죠? 들어갈게요."

"네."

잠시 나는 문 앞에서 멈칫했다. 답이 돌아온 것은 이번이 처음이었다. 나는 생각의 회로를 마구 돌리기 시작했다.

'답했다는 건 내 목소리가 들렸다는 뜻이고, 내 목소리가 들렸다는 건 방 밖에 있다는 뜻인가?'

나는 화들짝 놀라 얼른 비밀번호를 누르고 집 안으로 들어섰다. 그러자 완전히 다른 풍경이 내 눈앞에 펼쳐졌다. 집 안이 환했다. 거실에 불이 켜져 있었고, 중문도 열려 있었다. 당황한 나는 현관에 우뚝 서 있다가 조심스레 집 안으로 들어섰다. 그러자 콩순이와 터그놀이를 하는 청임이 눈에 들어왔다. 그녀는 젖은 머리에 수건을 뒤집어쓰고 앉아 콩순이와 힘겨루기하는 데 몰두하고 있었다. 나는 그대로 굳어 어찌할 줄을 몰랐다.

"오늘은 와플 안 구워줘요?"

그러자 청임이 내게 퉁명스럽게 말했다. 겨우 정신을 차리고 이번에는 방 옆이 아닌 식탁 위에 와플 메이커를 내려놓은 뒤 예열을 하고 반죽을 부었다.

"옳지! 옳지! 콩순이 잘한다."

여전히 꿈인지 생시인지 긴가민가했다. 나는 딸기 꼭지를 예쁘게 따 와플 위에 올리는 것으로 아침상 차림을 마쳤다. 그리고 접시를 양쪽에 두고 청임과 마주 보고 앉아 와플을 먹기 시작했다. 그녀는 한두 입 먹더니 냉장고로 가 오렌지 주스를 꺼내와 내 잔에 따라주며 말했다.

"여기엔 오렌지 주스가 어울릴 것 같아서요."

마음이 싱숭생숭해 나는 고개를 들지 못했다.

"드세요, 얼른. 식기 전에. 오늘도 그 어쭙잖은 명언 한 토막 들어야 하는 거죠?"

청임이 우물거리며 말했다. 나는 큼큼 목을 가다듬고 고개를 들었다. 무심코 본 달력에 적혀 있던, 내 맘을 사로잡은 한 줄.

"삶에 끝은 없다. 끝인 것처럼 보인 곳에 희망이 있다."

어제 청임의 이야기를 듣고 꼭 해주고 싶었던 말이었다. 이번 엔 청임이 고개를 숙였다.

"실은 나도 이렇게 방에만 박혀서 전혀 밖에 안 나가려던 건 아니었어요. 처음에는 금방 일어서서 나갈 수 있을 거라 생각했 어요. 근데 무슨 중력처럼, 방이 몸을 끌어당기더라고요. 솔직 히 날 찾는 사람도 없고, 나도 사람을 별로 찾고 싶지 않으니까 온라인으로 피신했어요. 그냥 문 앞에 놓인 밥 받아 먹고 아무 도 없을 때 집 안 살살 돌아다니다 보니까 일주일이며 한 달이 며 금방 가더라고요. 그러다 보니 점점 더 취업이랑은 멀어졌고 요. 엄마 아빠한테도 미안하지만 솔직히 나 자신한테 제일 미안 해요. 꿈도 많고 좋아하는 것도 많던 내가 막다른 골목에 나를 몰아세우고 죽음을 유예하듯 가만히 숨만 쉬고 있었던 게. 그 렇게 나 자신을 학대하고, 함부로 대했던 게. 어쭙잖다고 비웃었

지만… 이게 끝이 아니라는 말을 나는 듣고 싶었을지도 모르겠
어요."

　울음 섞인 청임의 말을 들으며 눈물을 쏟지 않으려 애를 쓰
고 또 썼다. 손으로 무릎을 꼬집고 또 꼬집으며 참았다. 나는 지
금까지 잘 버텼고, 이렇게 마음을 열어주어 고맙다는 마음을
담아 청임의 손을 포개어 잡고 토닥였다.

사랑이 가능하게 하는 일

    오늘도 새로운 하루가 시작됐다. 누군가에게는 못 견디게 지루한 똑같은 날들의 연속이겠지만, 내게는 포장지를 벗길 때마다 새로운 맛을 맛볼 수 있는 사탕 같은 날들이다. 매일 보는 얼굴이지만 대리점 식구들과의 만남도 늘 즐겁고. 오늘은 여사님들이 어떤 먹을거리를 챙겨 오실까 궁금해지고 기대가 된다. 청임과 함께 하게 될 풍성한 식탁도. 이런 생각을 하다 보니 미소가 절로 지어졌다. 아직 동이 트지 않은 어두운 골목을 지나는 발걸음이 마냥 가벼웠다.

"안녕하세요오!"

"이쁜이 왔어? 오늘도 일찍 왔구만. 이것부터 한 입!"

"어? 이거 맛이 좀 다른데요?"

"오늘은 시중에서 파는 맥반석 계란이 아니라 진짜 집에서 구워 왔지. 때깔부터가 다르지? 훨씬 맛있을 거야."

"으흠, 네엠."

나는 씹던 달걀을 미처 다 삼키지도 못한 채로 대답하며 엄지를 치켜 보였다. 그러자 이제는 기다렸다는 듯이 두유가 입 앞으로 배달되었다.

"이렇게 목 막힐 때 바로 먹어주면 와따지."

"으흐흡. 감사합니다."

나는 꾸벅 인사하고는 따끈따끈한 두유를 받아 마셨다. 누가 입에 넣어주는 걸 이렇게 넙죽 받아 마시기만 하려니 그저 황송할 따름이었다.

"황송해? 황송하지? 우리 대리점 마스코튼데 이 정도는 해줘야지."

"제가 무슨 마스코트예요!"

추켜세우는 말에 민망해진 나는 두 손을 있는 힘껏 저어 보였지만 여사님들의 너스레는 멈추지 않고 계속되었다.

"우리 여울 씨가 마스코트 맞죠. 여울 씨로 입간판 하나 만들어서 이렇게 세워놓을까요? 등신대 같은 걸로? 누가 막 업어가고 그러는 거 아니겠죠?"

점장님도 가세해 한마디 하고는 쏜살같이 사라졌다.

"진짜 제가 너무 행. 복. 해. 서 죽겠다니까요. 여사님들 때문에 못. 살. 겠. 다. 니. 까. 요."

나는 웃음소리가 가득한 대리점을 뒤로 한 채 얼른 제품을 챙겨 대리점을 나섰다.

"가만 보자. 와플 메이커는 이제 그 집에 두기로 했고. 다른 재료는…. 시나몬 파우더랑 블루베리잼…. 아차차, 허브 안 가져왔나?"

와플 맨 위에 올리려고 준비한 허브를 빼먹고 왔다. 거기 올리려고 허브 화분을 사다 직접 기르기까지 했는데….

"그냥 다음에 올리자."

다시 힘차게 출발하려는 그때, 전화벨이 울리기 시작했다. 나는 콩콩이에 올라탄 채로 전화를 받았다. 그런데 목소리 대신 거친 호흡이 내 귓전을 먼저 때렸다.

"커허헉. 허헉. 어떡하지, 어떡해. 나 어떡해요."

재차 휴대폰을 확인해보니 모르는 번호였다.

"저, 혹시 어디세요?"

"나 어떡하지. 저 어떡하죠. 도와줘요. 어떡하면 좋으냐고요."

"무슨 일이세요? 혹시… 청임?"

차분히 들어보니 익숙한 목소리였다.

"콩순이가 갈비찜을 먹었나 봐."

"뭐? 콩순이가? 갈비찜을 얼마나 먹었는데? 그게 문제가 돼?"

"갈비찜을 먹었는지 안 먹었는지도 모르겠어. 마구 컥컥대고 그릇은 비어 있고. 제대로 앉아 있지도 못해."

청임이 흐느끼기 시작했다.

"많이 심각해? 나 이제 막 영업소에서 나가는 중이라 도착하려면 좀 시간이 걸려. 동네에 24시 동물병원 없어?"

"몰라, 그런데 아마 있을 거야."

"그럼 얼른 찾아보고 택시 불러서 거기로 가."

"그렇지, 맞지. 그게 맞지. 나도 아는데…. 당연히 그래야 하는데…."

"왜? 뭐가 걸리는데?"

"나…. 집 밖에 안 나간 지 3년은 된 거 같아…. 괜찮을까? 나갈 수 있을까?"

"그걸 나한테 물어보면 안 되지, 이 바보야. 나갈 수 있어. 나가야 하고. 네가 콩순이 보호자잖아."

"맞아. 우리 엄마가 데려오긴 했어도 내 식구지. 내 동생이지.

보호자 맞지."

청임은 공황이 온 듯했다. 나는 우선 나를 따라 차분히 들숨과 날숨을 몇 번 반복하라고 시켰다.

"너 할 수 있어. 단순하게 생각하면 별일 아니야. 자, 하나, 24시 동물병원을 검색한다. 둘, 택시를 부른다. 셋, 콩순이를 안고 집 밖으로 나선다."

"할 수 있어…. 있겠지? 음, 할 수 있어. 있을 거야."

"청임, 세상은 줄곧 너를 기다리고 있었어. 콩순이를 위해 힘을 내줘."

"어, 고마워. 알았어."

청임과 통화하는 내내 얼마나 긴장을 했던지 손바닥에 땀이 흥건했다. 나는 다급한 마음으로 다시 콩콩이의 페달을 밟았다.

"네네, 지금 가요. 가는 중이에요. 조금만 기다려주세요."

조금이라도 늦으면 나를 찾는 전화가 빗발친다. 매번 고객들이 출근 전에 제품을 받을 수 있게끔 배달하려고 여유를 두고 나서는데 오늘은 청임과 통화를 하느라 시간이 지체되었다.

"그거 마셔야 볼일을 볼 수 있어서요…."

아쉬운 소리를 해야 하는 고객의 마음도 이해는 간다. 자꾸만 마음이 급해졌다. 더 빨리 뛰고 더 빨리 엘리베이터를 잡았다. 오늘은 지나치는 사람들의 인사에 길게 답을 하지 못했다. 그때 다시 전화벨이 울렸다.

"네?"

"나야…. 청임."

"콩순이는 잘 되었어? 어디 아픈 거래? 뭐래?"

"장염이라 약만 잘 챙겨 먹으면 괜찮대. 근데 계속 승차 거부를 당하고 있어."

"승차 거부?"

"정신이 없어서 케이지를 못 챙겼어. 집에서 병원 올 땐 워낙 경황 없어 보이니 기사님이 태워줘서 올 수 있었는데, 다시 집에 가려고 하니 택시들이 다 안 태워준다고 하네. 쬐깐한 강아지라 괜찮을 줄 알았는데…. 혹시 우리 데리러 올 수 있어?"

"잠깐만. 어머님은 출근하셨지? 내가 갈게. 어딘지 문자로 찍어줘."

다음 코스가 청임의 집이었던 터라 목적지만 바꾸면 되었다. 동물병원은 여기서 3킬로미터가 조금 넘는 거리에 있었다. 이번에는 병원을 향해, 콩순이와 청임이를 위해 달리기 시작했다.

"여기야 여기!"

동물병원 앞에서 나를 향해 손을 흔드는 청임의 모습이 보였다. 함께 손을 흔들려는데, 청임의 꼴을 보니 웃음이 먼저 터지고 말았다. 제멋대로 뻗친 머리에, 무릎 나온 수면 바지에, 콩순이의 털이 엉겨 얼룩덜룩해진 검은색 티 차림이라니. 게다가 맨발에 삼선 슬리퍼를 신고 있었다.

"뭐야, 이게."

가까이서 본 청임의 얼굴에는 여기저기 튼 자국이 선명했다.

"왜! 뭐! 그냥 나오라며!"

"맞지. 맞긴 하지. 그렇긴 한데…. 크하하하하. 너무 심했다."

"나 정말 긴박했거든?"

"근데 그 손에 까만 봉다리는 뭐야?"

"아…. 과호흡 오면 머리에 쓰려고."

"대단하다, 청임. 콩순이 위하는 마음 하나 진짜 인정한다. 그래서 3년 만에 나오니까 어때?"

"생각보다는…. 뭐."

설핏 웃는 청임을 보자, 정신이 반쯤 나간 얼굴로 힘없이 서 있는 모습이 안쓰러워 거꾸로 내가 밥을 사줘야겠다는 생각이 들었다.

"콩순이 데리고 들어갈 수 있는 식당이 있을 거야. 내가 물어볼게."

그 말을 마치고는 나는 눈앞에 보이는 분식점으로 향했다. 하지만 돌아온 것은 거절의 대답이었다. 이번에는 테라스나 방이 있을 법한 식당을 찾기 시작했다. 그때 내 눈에 띈 24시 설렁탕집. 안쪽에는 조그맣게 룸이라고 할 만한 공간도 있는 듯했다.

"저, 혹시 저희 두 사람에 조그마한 강아지 있는데 어떻게 같이 식사할 수 없을까요? 안 커요. 조용해요."

내가 간절한 눈빛으로 두 손을 모아 사정하니 사장님이 딱하다는 표정을 지으며 신발을 벗고 들어가는 한쪽 방으로 안내했다. 얼른 청임을 부르자 콩순이를 안은 그녀는 나를 따라 잽싸게 가게 안으로 들어섰다.

"설렁탕 괜찮지?"

"응."

그러고 보니 어느새 우리 둘은 말을 놓고 있었다. 워낙 급한 상황에 이야기를 나누다 보니 말끝이 절로 짧아진 탓이었다.

"이제 좀 정신이 들어?"

"응."

"아까 전화 받고 얼마나 놀랐는지 알아? 아예 말을 제대로 못하던데, 혼이 완전히 나가 있었다고."

"내 입장 되어봐. 안 그런가 보게. 진짜 큰일나는 줄 알았어."

"그건 알지. 근데 그냥 그 목소리가 너무 절절해서. 큽, 웃으면 안 되는데. 평생 놀려야지."

둘 앞에 김이 모락모락 나는 설렁탕이 놓였다. 이제야 긴장이 풀리고 입맛이 돌기 시작한 우리는 허겁지겁 그릇을 비우기 시작했다. 열심히 숟가락질을 하는 우리 옆에 앉은 콩순이는 처량하게 바닥만 긁고 있었다.

"나보고 콩순이 보호자님이라고 부르니까 뭔가 울컥하더라."

"그럴 수 있지. 나도 누군가의 보호자라고 불리면 기분 묘할 것 같긴 하다."

"근데 진짜 다 그대로네. 세상은 나 없이 잘만 돌아가고 있었나 봐."

"너가 있어야 너의 세상이 완성되는 거지, 인마."

"요구르트 언니, 혹시 대학교 나왔어? 이런 거 묻는 거 실례 아니지?"

청임은 조심스럽게 물었다.

"나 학교 나왔지. 4년제 나왔는데 전공이 그냥저냥 잘 맞아서 재밌게 다닌 것 같아. 왜?"

"아니…. 부럽다. 내 인생이 꼬인 게 대학교 전공을 잘못 선택해서 그런 거거든."

"전공이 안 맞았어?"

"부모님이 가라는 데 갔는데 나랑 영 안 맞더라고. 그 때문에 과에 적응도 못하고, 매번 혼자 수업 듣고 혼자 밥 먹고 혼자 지

냈지. 오티도 안 가고 엠티도 안 갔어. 그냥 아싸였지. 아싸."

"그랬구나…. 힘들었겠네."

"졸업하고 취업하려니까 그놈의 전공 성적이 또 발목을 잡는 거야. 학점이 낮았거든. 공부는 재미없고 마음은 딴 데 가 있는데 점수가 잘 나올 턱이 있나. 그래선지 취업이 될 리 없고, 지원하면 자꾸 떨어지고. 뭐…. 그런 거지. 만약 시간을 돌릴 수 있다면 나는 대학교에 안 가든지 아니면 다른 전공을 선택할 거 같아."

청임에 대해서 조금 더 알게 되었다는 생각이 들었다. 이렇게 조금씩 힌트를 얻으면 그녀라는 퍼즐을 완성할 수 있을 것 같았다. 나는 그녀에게 마저 다 먹으라는 시늉을 해 보이고는 내 밥그릇을 싹 비웠다.

릴스 스타 되다

"오늘은 이걸 준비했어. '염려는 마음을 짓누르지만, 기대는 마음을 북돋아준다.'"

나의 신작 크로플 샌드위치를 먹던 청임은 입가에 잼을 묻힌 채 코웃음을 쳤다.

"그런 말은 또 어디서 보고 가져온 거래?"

하지만 싫은 눈치는 아니었다. 게다가 이미 그녀의 속마음을 알아버려서 이 시간을 건너뛸 필요가 없었다.

"길에서 받은 휴지에서 봤다. 어쩔래?"

제법 가까워진 우리 둘은 이제 자연스레 반말로 대화했다.

"그래서 고맙다고 사랑한다고 외치라는 거야, 뭐야."

툴툴거리며 청임은 바닥에 남은 잼을 싹싹 긁어먹었다. 말은 그렇게 하지만 어딘가 활기찬 얼굴을 보니 마음을 움직일 수 있을 듯싶었다. 그래서 나는 마지막으로 한 번 더 간청하듯 말했다.

"그러지 말고 오늘은 콩순이랑 같이 산책하러 좀 가자. 응? 날씨도 제법 풀렸다고. 영하도 아니라고요."

"⋯."

청임은 대답 대신 벌떡 일어나 문지방을 넘어 개수대 안에 빈 그릇을 넣고서는 다시 방으로 쏙 들어가 이불을 머리끝까지 뒤집어쓰고는 외쳤다.

"문 닫아!"

나도 질세라 소리를 빽 질렀다.

"니가 닫아!"

'오늘도 틀렸구먼. 영원히 틀려먹었구먼.'

나는 신발장 아래 공간에 놓아둔 콩순이 옷을 뒤적거렸다. 2월 중순, 아직 날씨는 쌀쌀했다. 나는 기모 안감이 들어 있는 패딩을 골라 콩순이에게 입히고는 등에 있는 고리에 리드줄을 걸었다.

운동화 뒤축을 구겨 신으며 문을 열고 집 밖으로 나서려 했다. 그 순간, 한 마디 외침이 나의 걸음을 붙잡았다.

"나도 가!"

"뭐?"

놀라서 뒤돌아서니 이미 청임은 이불을 패대기치고서 서 있었다. 하트 무늬 수면 바지와 목이 늘어난 카키색 후드티 위에 시커먼 롱패딩을 걸치고는 바라클라바까지 써서 중무장을 했다. 나는 그 모습이 너무 우스꽝스러워서 그만 풋 하고 웃어버렸다.

"왜?"

"아니, 어디 일 가는 사람인 줄 알겠어."

그 말을 하고서 나는 곧바로 후회했다. 어렵사리 함께하게 된 산책인데 부아가 나서 그만둔다고 할까 봐. 하지만 청임은 채비를 마치고 스마트폰까지 손에 들고서는 내게 앞장서라며 손짓을 해 보였다.

정말로 청임은 나를 따라 걸었다. 나는 콩순이의 리드줄을 꽉 쥐었다. 콩순이는 아무 일 없다는 듯 총총걸음으로 나를 따랐다. 뒤를 흘낏 보니 청임은 패딩 점퍼 주머니 깊숙이 손을 찔러넣고 목을 한껏 움츠리며 따라오고 있었다. 나는 청임과 거리가 벌어질까 싶어 일부러 속도를 늦췄다.

"왜 이렇게 느리게 가? 원래 이렇게 산책해?"

"아니, 오늘은 특별 게스트가 있어서 그런다. 왜?"

엘리베이터에 타 1층 버튼을 눌렀다. 그런데 청임이 갑자기 두 팔을 벌려 보이는 게 아닌가. 나는 이게 무슨 상황인가 싶어 가만히 섰다가 그 팔 사이로 내 몸을 들이밀었다.

"뭐 하는 거야? 징그럽게."

"뭐? 뭐? 그럼 뭔데?"

나는 당황해 뒷걸음질을 치며 몸을 다시 빼냈다. 민망함에 두 볼이 불에 댄 듯 화끈거렸다.

"콩순이 이리 주라고. 내가 안고 내려간다고."

"아….."

콩순이의 리드줄을 청임에게 넘기고서는 1층에 도착할 때까지 뻘쭘하게 아무 말도 하지 않고 섰다.

"가자."

콩순이를 바닥에 내려놓은 청임이 리드줄을 잡고 건물 밖으로 걷기 시작했다. 네 발과 두 다리의 박자를 맞춰 걷기 시작했다. 그것도 매우 자연스럽게. 나는 그 뒤에서 남몰래 손뼉을 쳤다. 청임이 알아차릴까 봐 소리를 내지 않고 빠르게.

"빨리 와. 뭐 하고 서 있어?"

"간다고, 가."

콩순이를 사이에 두고 청임과 함께 걷던 나는 문득 이 모습을 기록하고 싶어졌다. 나는 청임 몰래 콩순이와 걷는 모습을 옆에서 힐끗대며 영상으로 촬영했다. 그리고 아파트 단지 한 바퀴를 다 돌 무렵 콩순이의 리드줄을 건네받고는 내 스마트폰을 대신 건넸다.

"뭐야?"

"봐봐. 이거."

청임은 내가 찍어놓은 영상을 물끄러미 보더니 지우라고 성화를 피우기 시작했다.

"이걸 왜 찍어?"

"찍으면 왜 안 돼?"

"찍어서 뭐 할 건데?"

"찍지 않음 뭘 할 건데?"

논리도 없이 나는 아무 말이나 내뱉으며 응수했다. 그러자 청임은 깊은 한숨을 한 번 내쉬더니 됐다며 손을 내저었다.

"내가 말을 말지."

"그럼 허락한 거로 안다."

집으로 간 나는 인스타그램 새 계정을 하나 만들었다. 그리고 오늘 찍은 영상에 배경음악을 깔아 그럴듯하게 편집한 뒤 업로드했다. 해시태그는 이렇게.

#콩순이랑 #강아지산책 #요구르트언니 #화상이랑함께 #셋이 서오붓하게 #첫산책

그날 밤, 인스타그램 알림이 미친 듯이 울리기 시작했다. 자꾸 알림이 울려대는 통에 잠을 제대로 잘 수가 없었다. 확인해 보니 내가 새로 만든 계정에 올린 릴스의 조회수와 좋아요 수가 어마어마했다.

'5.2만 회? 이게 말이 돼?'

그냥 개 산책을 시키는 아주 평범한 영상인데 이렇게까지 반응이 좋아 의아했다. 내가 나름대로 분석한 원인은 이랬다. 콩순이와 청임의 발걸음이 마치 이인삼각을 하듯이 칼각을 이루고 있었다. 왼발에 왼발, 오른발에 오른발 그 호흡이 기가 막혔다. 거기에 내가 깔아놓은 배경음악까지 절묘해 한번 보기 시작하면 빠져나갈 수 없는 영상이 만들어졌다. 게다가 길이도 30초로 짧아 사람들이 웬만하면 중도에 이탈하지 않고 끝까지 보는 듯했다.

'대박인데?'

여기 달린 사람들의 댓글을 보면 청임은 어떤 반응을 보일까. 기대 반 걱정 반 두근거리는 마음을 가라앉히고 그대로 잠 속으로 빠져들었다.

"오늘도 산책 갈 거지?"

옆에서 와플 만드는 걸 구경하는 청임에게 물었다. 오트밀을 갈아 넣은 반죽을 붓는 모습에 정신이 팔린 청임은 자신도 모르게 대답을 했다.

"응."

"그래."

나는 그렇게 2구짜리 와플 메이커로 총 네 장의 오트밀 와플을 굽고서는 자연스럽게 냉장고로 가 미리 가져다 둔 아이스크림 통을 꺼내 두 숟갈을 퍼서 와플 위에 올렸다. 따끈한 와플에 차가운 아이스크림이라는 환상적인 조합이 완성되었다. 콩순이 몫으로 손톱만큼 뜯어 주고는 우리 둘은 나란히 앉아 와플을 열심히 먹었다. 만드는 건 내 몫이지만 치우는 건 이제 청임의 몫이 되었다. 내 그릇까지 가져간 청임은 설거지를 시작했다. 주방세제를 묻혀 거품을 잔뜩 일으켜 문지르고 헹구기를 반복하며 오래도록 설거지를 했다.

"그만해. 뭘 그렇게까지. 오버야."

"내 그릇 내가 닦는데 무슨 상관?"

청임은 뒤돌아보니 혓바닥을 내밀어 보이고는 뽀드득 소리가 날 때까지 광목천으로 깨끗이 닦아 선반에 올려두었다.

"그 정성이면 이제 와플도 굽겠네?"

청임은 못 들은 체하고 바로 신발장으로 달려가 콩순이의 옷을 입히기 시작했다.

"패딩으로 해. 추워, 밖에."

"나도 그러려고 했거든? 참견하지 마셔."

"그럼 둘이서만 산책해도 되는 거지? 난 간다."

"내가 언제 가도 된다고 했나?"

청임은 갑자기 리드줄까지 채운 콩순이를 현관에 그대로 세워놓은 채 방으로 다시 쑥 들어가 버렸다. 청임이 갑자기 마음을 바꿨나 싶어 초조해졌다. 여기까지 어떻게 끌어냈는데, 도루묵 되는 거 아니야?

하지만 이내 청임은 문을 열고 나왔다. 어제와 같이 패딩점퍼에 바라클라바까지 하고서는, 이제는 투명 고글까지 끼고 나섰다. 그 모습이 너무 웃겨서 배를 잡고 한참을 웃었다.

"너 그 차림이 다 뭐야? 괴랄하다, 괴랄해."

그러자 청임은 어제 찬 바람이 세게 불어 눈물이 났었다며 고글을 재차 단단히 썼다.

"이게 내 눈을 지켜줄 거야. 나중엔 내가 부러울걸?"

그러고는 청임은 콩순이의 리드줄을 잡더니 잠금장치를 해제하고 먼저 현관을 나섰다. 나는 허겁지겁 배낭을 챙겨 매고는 그 뒤를 따랐다. 그리고 산책하는 모습을 놓치지 않고 영상으로 담았다. 이제는 청임도 내가 촬영하는 걸 알고 있으니, 좀 더 과감하게 다양한 앵글로 촬영해보았다. 특히 콩순이의 눈높이에서 찍은 영상은, 내가 찍었지만 마음에 쏙 들었다.

그날 산책 풍경도 릴스로 올렸다. 얼마 지나지 않아 부리나케 댓글이 달리기 시작했다.

환상의 호흡이네요.

겨울에도 빠짐없이 산책을. 리스펙합니다.

진정한 견주죠.

강아지 너무 귀여워요.

둘이 이인삼각 하는 것 같아요.

어느새 팔로워가 천 명이 넘었다. 계정을 만든 지 불과 이틀만이었다.

"이거 봤어? 이거?"

"뭐?"

청임에게 영상에 주렁주렁 달린 댓글을 보여주었다. 한참을 스크롤을 하며 댓글을 보던 청임은 억지로 웃음을 참는 눈치였다.

"좋지? 그렇지?"

15분으로 시작한 우리의 산책은 이제 1시간 가까이로 늘어났다. 아파트 단지를 한 바퀴를 돈 뒤 밖으로 나서 동네 곳곳을 돌고, 강아지를 산책시키는 견주들과 인사를 나누는 여유까지 생겼다.

"아이고, 오늘도 산책 나왔구나. 콩순이 맞죠?"

"네."

처음에는 주민들이 말을 걸면 청임은 도망치듯 집으로 먼저 들어가버려 내가 대신 대답을 해야 했다. 하지만 영상 반응을 보고 나니 조금씩 마음이 열린 듯 보였다.

"맨날 이 시간에 나오시나 봐요."

"네, 맞아요."

청임의 대답이 어느새 점점 길어지더니 먼저 안부를 묻기까지 하는 수준에 다다랐다.

"이 친구는 몇 살이에요?"

"두 살이요."

"그렇구나, 반가워."

여전히 조금은 어색하지만 제법 살갑게 대화 나누는 모습까지도 나는 열심히 촬영했다. 그리고 하루에 꼭 하나씩은 영상을 올렸다. 계정의 팔로워가 점점 늘었고, 이제는 콩순이의 팬을 자처한다는 사람도 생겼다. 청임의 팬이라는 이도 등장했다.

수면 바지 하트가 완전 시선 강탈이네요.

청임은 이제 산책을 나설 때마다 무조건 하트 무늬 수면 바

지만 입는다. 자신의 팬들이 기대한다나 뭐라나. 오늘의 산책 풍
경은 어떤 해시태그를 달아 업로드할지 고민해본다.

　#이제제법익숙 #1일1산책 #요구르트언니 #까칠한콩순이언니 #
셋이함께

이제 진짜 세상 밖으로

"이거 봐봐. 이것 좀 보라니까."

콩순이 산책을 시키느라 여념이 없는 청임에게 나는 대뜸 스마트폰을 내밀었다. 그녀는 귀찮은 듯 밀어내다가 내가 하도 권하는 통에 휴대전화를 받아 들었다.

"벌써 팔로워 수가 3.3만이야."

"…."

청임은 내 말에 놀라는 기색도 보이지 않고 스크롤을 내려 피드를 밑으로 쭉 읽어 내려가더니 스마트폰을 꼭 쥐었다가 내게 돌려주며 말했다.

"우리가 정말 이렇게 걸어?"

"응?"

"이인삼각처럼 보이냐고."

"응. 호흡이 장난 아니야."

"난 몰랐는데."

"몰랐겠지. 산책시키느라 정신없어 죽겠는데 어떻게 걷는지 당사자가 알겠냐고."

"아니, 그것보다 이렇게 보기 좋은지, 내가 이렇게 씩씩하게 걷는지 몰랐다고."

"아⋯."

그제야 청임의 표정을 확실히 읽어낼 수가 있었다. 둔기로 한 대 맞은 것 같은 표정. 이 충격이 약이 될지 독이 될지 장담하긴 어렵지만, 약이 되는 편으로 기울 것이라는 조심스러운 예감이 들었다.

"오늘은 먼저 가. 너 가는 거 보고 우리도 들어갈게."

"⋯진짜?"

항상 집까지 함께 들어가서 리드줄을 풀어주고 나서야 헤어지고는 했는데 이제는 청임이 내가 영업을 하러 떠나는 뒷모습을 지켜보고 콩순이랑 단둘이서 들어가겠다고 했다. 나는 은근히 긴장이 되었다. 형광 초록색의 유니폼을 입고 콩콩이를 타고 떠나는 뒷모습이 어떻게 보일까 싶어서.

'가면서 손을 잠깐 흔들까?'

'아닌가, 손 떼면 위험해 보일 것 같아. 그럼 그냥 고개만 돌려서 인사나 살짝 할까?'

'아니야…. 앞을 주시하고 꼿꼿이 서서 페달 밟고 가는 모습을 보여줘야 쿨해 보일 것 같아.'

나는 온갖 생각을 다 하다가 청임과 콩순이 옆에서 기다리고 있다는 사실을 까맣게 잊어버렸다.

"빨리 가. 추워."

그 말에 퍼뜩 정신이 들은 나는 손을 살짝 흔들어 보이고는 주차해놓은 콩콩이에 올라타 앞을 보고 몸에 힘이 잔뜩 들어간 채로 운전을 시작했다. 얼마 가지 않아 나는 뒤를 살짝 돌아봤다. 둘은 여전히 그 자리에 서 있었다. 청임은 콩순이를 들어 올려 끌어안고는 발을 대신 잡고 흔들어 보이며 인사를 하고는 바로 아파트 안으로 사라졌다.

"악! 조심 좀 하셔야죠."

한눈을 파는 바람에 바로 옆을 지나가는 아주머니의 검은 봉지를 칠 뻔했다. 과하게 성을 내는 아주머니에게 죄송하다며 거듭 사과를 해 보이고는 그대로 나는 길거리 판촉 행사 장소로 이동했다.

"여보세요?"

"아니, 누가 그렇게 깨끗하게 설거지를 해놓는 거야? 그냥 접시 올려두고 가요. 바쁘면 그냥 가도 돼."

"아, 어머님! 그거 제가 한 거 아니고요. 따님이 하신 거예요."

"뭐? 청임이가? 왜 진즉 말 안 했어요. 정말이야?"

"그게요…. 아주 큰 변화가 있었는데…."

나는 그동안 있었던 일을 미주알고주알 일러바치기 시작했고 어머님의 입에서 몇 번이고 탄식이 흘러나왔다. 연신 감탄하던 그녀는 처음에 말했던 계약 건 이야기를 꺼냈다. 무조건 해주겠다고. 까맣게 잊고 있었다. 처음에야 계약 욕심에 덤벼들었지만, 모두 잊을 만큼 청임 그리고 콩순이와 보내는 시간이 마냥 좋았다. 매일 어떤 와플을 구울까 행복한 고민으로 하루를 시작했고, 귀여운 콩순이의 환영과 애교를 온몸으로 받아 매일이 행복했다. 게다가 마음의 문을 닫고 있던 청임의 변화를 두 눈으로 확인하는 경험까지. 신규 계약보다 더 값진 것을 얻은 기분이었다. 나는 괜찮다고, 너무 무리는 마시라고 말씀드리며 통화 중이라 보시는 것도 아닌데 손사래를 있는 힘껏 쳤다.

"내일은 뭐 할까? 이번엔 오레오 와플을 한번 만들어봐?"

나는 유튜브 영상을 찾아보며 신메뉴를 개발하기에 여념이 없었다. 오레오를 넣고 반죽을 한 뒤 위에 아이스크림을 올려 먹는 와플이 먹음직스러워 보였다. 이번에는 집에서 미리 연습을 해 가야지. 그때였다. 인스타그램 앱에 알림이 뜬 것은.

'뭐지?'

무심코 앱을 열어 도착한 메시지를 확인하고는 놀란 가슴을 진정시킬 수 없었다.

저는 SBC 방송국 '동물을 사랑해'라는 프로그램의 작가입니다. 이번에 산책하는 견주들의 모습을 스케치하고 싶어서 그러는데, 출연 가능하실까요? 콩순이도 넘 귀엽고 견주분의 발걸음은 너무 씩씩해서 임팩트 있을 것 같아요. 소정이지만 출연료도 책정되어 있고 스케줄도 상의하여 맞춰드릴 수 있습니다. 가능하실까요? 가능하시다면 제 연락처 010….

나는 작은 원룸 안을 몇 바퀴나 연거푸 돌면서 어떻게 해야 할지를 생각하고 또 했다. 청임이 전보다 많이 나아지기는 했지만, TV 프로그램 촬영을 선뜻 승낙할지 미지수였다. 하지만 또 그 둘이 방송 프로그램에 출연하는 모습을 상상하니 가슴이 방망이질하듯 뛰었다.

'나라면 무조건 할 텐데.'

오레오 와플 굽기를 연습하려고 꺼내 놓았던 재료를 내팽개치고는 일찍 잠자리에 들었다. 평소보다 일찍 청임의 집에 가서 설득하기 위해서. 하지만 쉽게 잠들 수 없었다.

"요즘 어째 얼굴이 싱글벙글해. 무슨 좋은 일이라도 있어?"
서계동 여사님이 오늘도 내 입에 구운 달걀을 넣어주시며 안부를 물으셨다.
"네? 좋은 일이 있다면 있고 없다면 없는 건데…."
그 말이 들렸는지 남계동 여사님이 혼잣말하셨다.
"어른 놀리나. 있으면 있고 없으면 없다고 딱 부러지게 이야기하든지."
그 말을 듣고는 기가 죽어 아무 말도 못 하고 있는데 동계동 여사님이 내 편을 들고 나섰다.
"아니, 좋은 일인지 아닌지는 우리가 듣고 판단해주면 되지 뭘 그렇게 속 좁게 면박을 주나? 쯧쯧. 말해봐, 말해봐요."
"저, 아시는 고객분이 텔레비전 출연 제의를 받았는데…."
"그럼 좋은 일이지! 텔레비전에 나온다는 거잖아? 그렇지? 출연료도 준대요?"
"네, 주신대요."
"그럼 무조건 해야지."

"뭘 무조건 해? 뭔지도 모르고. 영상 한번 찍히면 재방에 삼방에 죽을 때까지 따라다니는데…."

그 말에 남계동 여사님이 제동을 걸고 나서셨다. 한 번도 생각해보지 못한 일이었다. 어쩌면 청임이 부담스러워할 수도 있겠다 싶었다.

"아니, 구더기 무섭다고 장을 못 담그나? 홀러덩 벗고 나오는 것도 아닌데 뭘?"

"산책하는 장면을 찍는대요. 그 집 강아지랑 걷는 모습을 담고 싶다고."

"그럼 뭘 망설여, 당연히 해야지. 가서 우리 언니가 잘 말해. 그리고 은근슬쩍 우리 음료도 하나 쥐여주면서 협찬도 하고."

영업의 신답게 동계동 여사님은 벌써 협찬을 염두에 두고 계셨다. 역시 나보다 한 수 위라는 생각을 하며 두 주먹을 꽉 쥐었다.

"그럼 저 더 늦기 전에 가서 말 좀 잘 해볼게요."

"응, 잘해봐!"

서계동 여사님과 동계동 여사님이 내 뒤에 손을 크게 오랫동안 흔들어주셨다.

"들어간다. 기다린다. 들어간다. 기다린다."

나는 222동 1402호 앞에서 선뜻 문을 두드리지 못하고 발로 바닥을 차며 망설였다. 든든한 조언에 힘입어 당당하게 타진해 볼 만도 한데 내 심장은 여전히 방망이질을 쳤다. 계속 망설이다 문을 두드리려는데, 문이 벌컥 열렸다. 청임이 얼굴을 쏙 내밀었다.

"안 들어오고 뭐 해? 오늘은 뭐 해줄 건데?"

나는 당황한 나머지 뒷걸음질을 쳤다. 웅얼거리며 밍기적거리는 나를 보고 청임은 얼른 들어오지 않으면 문을 도로 잠가버리겠다고 협박했고, 나는 그제야 집 안으로 들어섰다.

"웬일이래? 직접 문을 다 열어주고?"

"아니, 뭐… 올 때 된 거 같아서. 싫어? 싫음 직접 여시든가."

나는 퉁명스러운 말만 뱉어내는 청임의 등 뒤에서 눈을 흘겼다. 그러고는 배낭은 한쪽에 내려두고 와플 메이커를 꺼내 예열을 함과 동시에 그녀를 불러 앉혔다.

"잠깐 할 얘기가 있는데 여기 앉아봐."

"무슨 말인데?"

청임은 옆에 앉아 메이커에 반죽을 부었다. 나는 그 옆에서 침만 꼴깍꼴깍 삼켰다.

"빨리 말해. 와플이 먼저 다 구워지겠다."

"저, 그게…. 혹시 방송 출연할 생각 있어? 콩순이랑? 동물

프로그램에서 인스타그램 계정 보고 연락을 줬는데 나올 수 있냐고 해서. 어차피 스케치 따는 거라 얼굴이 막 자세히 나오고 그럴 것 같진 않은데…. 정 얼굴 나오는 게 싫으면 밑에만 찍든지 아니면 마스크를 쓰든지 그것도 아니면 CG로 가려달라고 하면….”

“할게.”

“뭐?”

“한다고.”

“이렇게 쉽게?”

“그럼 하지 마?”

“아니, 아니. 아니지! 이게 얼마나 좋은 기회인데! 그거 줘, 내가 할게.”

나는 청임의 손에서 반죽 짤주머니를 빼앗고는 마무리를 직접 하기 시작했다.

“자! 그럼 이제 저쪽에서 이쪽으로 리드줄 잡고 천천히 걸어오실게요. 자연스럽게, 평소에 하시던 대로 하시면 되고요.”

“네.”

나는 마치 청임의 매니저라도 된 것처럼 대신 나서서 세팅을 도왔고, 청임의 옷매무새를 고쳐주고 대신 답을 했다. 그런 나를 이상하게 보는 이들도 있었다.

"저기, 매니저세요? 무슨 사이세요?"

"저는 그냥 요구르트 배달원인데요."

"아, 네…. 카메라에 걸릴 수도 있으니까 좀 조심해주시고 뒤
로 나가 계세요."

내 걱정과는 반대로 촬영은 수월하게 진행되었다. 세상 밖으
로 나가길 꺼리던 청임은 온데간데없고 카메라 앞에서도 긴장
하지 않고 특유의 씩씩한 걸음걸이로 콩순이와 걷고 또 걸었다.
2시간이 넘는 촬영에 지칠 법도 한데 그런 기색도 보이지 않았
다. 나는 그 모습을 또 영상으로 담았다. 그러면서도 동계동 여
사님의 충고대로 우리 제품을 스태프들에게 하나씩 돌리는 것
도 잊지 않았다.

"쉽지 않네."

"긴장했어? 근데 티 하나도 안 났어. 완전 방송 체질인가 봐."

"왜 또 오버래."

청임은 조금은 지친 기색이었지만 기분은 좋아 보였다. 나는
하이파이브를 하자고 손을 내밀었고 그녀는 품에 안고 있던 콩
순이의 발을 내 손에 대어 보였다.

"저 약속대로 20곳 신규 계약 연락 올 거예요. 너무 고마워

요. 응?"

"에이, 안 그러셔도 되는데…."

"우리 딸 면접 보러 간대요."

"와, 너무 잘 됐네요."

"이제 수고스럽게 집에 안 와도 될 것 같아."

"수고스럽긴요. 저도 많이 배웠어요."

"배울 게 뭐가 있어요? 고생만 했지."

그 말에 나는 그간의 기억을 떠올렸다. 태어나 한 번도 만들어본 적 없는 와플을 종류별로 다 만들 수 있게 된 것. 릴스로 계정이 대박이 나 방송 출연 제의까지 받아본 것. 그보다는 3평짜리 방 밖으로 나갈 엄두를 못 내던 사람을 밖으로 끌어냈다는 것. 가장 크게 배운 건 사람의 마음을 움직이는 법이었다. 거기까지 생각이 닿자 절로 입가에 미소가 지어졌다.

"어디 가?"

아침 8시, 아파트 단지 안에서 낯선 모습을 한 친숙한 이를 마주쳤다. 까만색 치마 정장에 블라우스를 입고 5센티미터가 넘는 구두를 신은 청임이었다. 하나로 묶어 올린 머리가 단정해 보였다.

"면접."

그녀가 수줍게 답했다.

"잘 보고 와. 잘할 거야."

그녀에게 손을 흔들어 보이자 청임은 다정한 눈빛으로 화답하고는 뒤돌아서서 걸어갔다. 나는 청임의 뒷모습을 아주 오래, 점이 되어 사라질 때까지 바라보았다.

그날 밤, 모르는 사람에게서 메시지가 왔다. 프로필 사진도 없고 이름도 밝히지 않은 계정이었다.

친구로 등록되지 않은 사용자로부터 초대되었습니다. 채팅방에 참여하시겠습니까?

경고 메시지가 떴지만, 왠지 확인해보고 싶다는 생각이 들었다. 채팅을 수락하자마자 나에게 말을 거는 수상쩍은 사람이 다짜고짜 한다는 말은….

내 파티원이 돼라.

무슨 소리새요? 누구새요?

나는 몹시 당황한 나머지 오타를 마구 냈다. 정체를 밝히라는 말에 메시지를 읽고도 한참 동안 답이 없더니 강아지 사진을 한 장 보내왔다. 내가 모를 수가 없는 그 얼굴! 그 모습! 바로 콩순이었다.

아, 뭐야! 빨리 그냥 할 말 해.

파티원을 구한다고.

뭐야. 무슨 말이야?

한참을 뜸을 들이던 청임은 내게 링크를 하나 보내왔다. 그걸 누르니 웹사이트로 연결이 되었고 곧바로 알림창이 하나 떴다.

신규 OTT 위플릭스는 최대 4명까지 함께 이용하실 수가 있습니다. 그렇다면 아주 저렴한 요금으로 이용하실 수 있겠죠? 가족이 아니어도 상관없습니다! 월 2200원으로 영화와 드라마를 무제한으로 시청해보세요!

나는 어이가 없어 웃고 말았다. 서둘러 앱을 내려받고 청임이 알려준 계정으로 로그인을 하니 사용자 프로필이 이미 하나 생성되어 있었다.

'콩순이언니.'

나 역시 새 프로필을 하나 추가하고 이름을 입력했다.

'요구르트언니.'

그러고 나니 다시 도착한 메시지.

그리고 앞으로 이 몸이 알고 있는 죽기 전에 반드시 봐야 할 명작들을 엄선해서 올려주도록 하지. 절대 나가지 마!

ㅎㅎㅎ 다 보기 전엔 절대 죽지 않으마.

나는 청임과의 대화방을 즐겨 찾는 채팅방으로 맨 상단에 고정했다.

2장

익숙한 것들과의 결별

"안녕하세욧!"

나는 오늘따라 처지는 어깨를 애써 한껏 끌어올리며 대리점
에 들어서자마자 목청껏 인사를 했다. 하지만 돌아오는 대답은
없었다. 평소처럼 나를 반기며 입에 깐 달걀을 넣어주시던 서계
동 여사님도, 따뜻한 두유를 챙겨주며 일을 잘 알려주던 동계
동 여사님도, 차갑게 굴지만 나를 주시하며 신경 써주던 남계동
여사님도 모두 냉랭했다. 낯선 반응에 주위를 둘러보니 모두 도
망치듯 자리를 떠버렸다. 대신 낯선 얼굴 하나가 나를 빤히 쳐
다보고 있었다.

"얼른 들어오지 뭐 해요?"

"네?"

새로 온 점장이었다.

이전 점장님은 우리의 사기를 떨어뜨리지 않으려고 여사님들 눈높이에 맞춰 행동했다. 여사님들이 좋아하는 임영웅의 노래를 틀고 대리점 한편에 포스터도 붙여놓았다. 격 없이 대화하면서도 예의를 지키며 대우했다. 하지만 얼마 전부터 점장님의 표정이 별로 좋지 않았다.

"오늘은 그냥 조용히 지나가. 알았지?"

며칠 전, 서계동 여사님이 내게 말했다.

"왜요? 무슨 일 있어요?"

"아니, 그냥 그러려니 해. 내가 나중에 말해줄게. 나 얼른 가봐야 해서. 암튼 오늘은 너스레 적당히 떨어. 알았지? 요 이쁜 아가씨야."

내 엉덩이를 톡톡 쳐주고는 서계동 여사님은 끝까지 손가락을 입에서 떼지 않은 채 멀리 사라졌다. 그래서 그랬구나.

나는 인사를 꾸벅 해 보이고는 자리로 돌아가 제품들을 챙기려는데, 날이 선 목소리가 날아와 꽂혔다.

"판촉 행사도 더 열심히 하고 온라인 쇼핑몰 홍보도 좀 하고요. 알바라고 생각하고 쉬엄쉬엄하지 말고, 생계가 달렸다고 생각하고 열심히 하라고."

반말 아닌 반말로 영업을 재촉하는 말에 짜증이 났지만, 그저 고개만 까닥까닥거리며 듣는 척했다.

'망했다. 까마귀 떴네.'

이건 우리만의 은어였다. 전국에 약 320개 이상 흩어져 있는 대리점에는 별별 점장들이 다 있다. 그중에서 유난히 실적에 목을 매는 사람들이 있는데, 우리는 그들을 까마귀라 불렀다. 어떻게 해서든 위로 올라가려는 자들. 어떻게든 잘 보이고 매출을 잘 내서 승진의 사다리를 빨리 오르려는 이들. 그 때문에 몇몇 대리점에서는 여사님들이 단체로 그만두거나 파업을 하는 일까지도 있었다고 들었다. 하지만 어딜 가나 그런 인간은 꼭 한둘은 살아남기 마련이다. 사람이라면 높은 숫자에 응당 구미가 당기는데 계산기를 가열차게 두드리는 인간들에게는 오죽할까. 더 없이 매력적인 유혹일 수밖에 없을 터였다. 아니나 다를까, 임영웅의 포스터를 붙여놓은 자리에는 이제 화이트보드가 걸렸고 거기에는 '최고 영업실적 우리들의 공통 목표! 할 수 있다!'는 문구가 붙었다.

'이제 서계동 여사님한테 죽었다.'

임영웅에게 죽고사는 여사님은 매일 아침 삶은 달걀을 나눠주시며 노래 스트리밍 좀 해달라며 홍보를 하곤 했다. 물론 강

권하는 느낌은 아니었기에 우리는 귀엽다고만 생각했다. 전국 콘서트를 다 다니고 종일 유튜브로 임영웅의 무대를 반복 재생 하는 여사님이 포스터를 뗀 것을 알았다가는 저 사람은 크게 경을 칠 것이다. 나는 그렇게 머릿속으로만 생각하고서는 뒤도 돌아보지 않고 쌩하니 대리점을 빠져나왔다.

콩콩이에 시동을 걸고 높은 언덕을 오르는데 청임이 생각났다. 청임은 요즘 출근하느라 매일 바쁘다고 들었다.

그렇지 않아도 내게 모든 공을 돌리는 어머님 덕분에 기대 이상으로 계약을 많이 따냈다. 하지만 이에 안주하고 신규 계약을 게을리할 순 없다. 그래도 와플 메이커와 반죽을 두고 출근을 하니 허전하기만 했다.

'콩순이도 보고 싶다.'

나를 반기며 제자리를 빙글빙글 돌던 녀석의 모습을 떠올리니 눈물까지 찔끔 났다. 나는 얼른 소매로 닦고서는 높은 언덕 위 아파트로 향했다.

"무슨 일 있으세요?"

그날 길거리에서 판촉 영업을 하는데 서계동 여사님에게서 전화가 걸려왔다. 나는 무슨 일인지 알면서도 짐짓 모른 체를 했다.

"그 새끼가 못된 짓을 해놨어!"

"네?"

"우리 영웅이 포스터를 죄다 떼어냈더라고! 이 망할 자식이. 게다가 말끝은 얼마나 짧은지. 가위로 싹둑 싹둑 꼬리를 잘라 놓은 줄 알았다니까. 아, 몰라. 우리 이쁜이도 오늘 일 끝나고 삼 겹살집으로 와. 알았지?"

그 자리에 불려간 건 처음이었다. 실적에 따라 선물을 주는 날이면 여사님들은 뭉쳐 빨간 뭉탱이 삼겹살집에서 모이곤 했 다. 나는 어려도 한참 어려 그 자리에서 늘 제외되곤 했는데, 이 번엔 아니었다. 안건이 뭐일지는 뻔했다.

"네, 알겠습니다."

나는 전화를 끊고 한동안 드문드문 이어지는 손님을 맞이해 온라인 쇼핑몰 팸플릿과 판촉용 요구르트를 하나씩 나눠드리 며 거리 판매를 했다.

"아니, 그 망할 놈! 놈도 아까워! 그 새끼!"

"아이고, 형님. 목소리 좀 낮춰요. 욕까지는 하지 말고."

이미 빨간 뚜껑의 소주를 나눠 마신 여사님들은 몹시 흥분 해 있었다. 안줏거리는 당연히 새로 온 점장. 오늘 아침 내가 출 근하기 전에 모두를 모아놓고 훈계를 했다고 했다.

"여러분, 왜 이 노른자 같은 땅에서 이것밖에 실적이 안 나오는지 아세요? 왜일까요?"

그렇게 질문을 던지며 히죽히죽 웃는 모습이 꼭 미치광이 같았다고 했다. 그리고 여사님들에게 1시간 더 일찍 나오고 1시간 더 늦게 퇴근하라고 하면서 실적을 채우지 못하면 불이익이 있을 거라고 소리쳤단다. 그 모습이 눈에 훤히 그려졌다.

"아니, 우리가 개인사업잔데 무슨 1시간을 더 일찍 출근하고 더 늦게 퇴근하는 게 어뎄어? 그걸 왜 지가 정해?"

"그것도 그건데, 그 싹 바가지 없는 말투! 아니, 머리에 피도 안 마른 놈이 자기 엄마뻘 되는 사람들한테 삿대질이나 해대면서 반말 찍찍하고 말이야!"

"우리 영웅이 포스터를 누구 맘대로 떼? 미친 거 아니야?"

한바탕 성토대회가 펼쳐진 뒤 잔이 순서대로 비워졌다. 나는 옆에서 적당히 맞장구를 쳐가며 여사님들의 빈 잔에 소주를 채웠다.

"그러지 말고 여사님, 이거 한 점 더 드세요. 이러다 다 타겠다. 응?"

"우리 이쁜이 같으면 얼마나 좋아. 재밌게 일하고, 사랑받고! 응? 이쁜이 정도만 되어도 내가 말을 안 해요. 말을 안 해."

"내가 다른 지점에 물어보니까 저놈이 아주 악랄하기로 유명

하더라고. 어딜 가나 실적, 실적 부르짖으면서 베테랑들 다 내쫓고."

"아주 못 쓰겠네! 우리 여사님들 이렇게 막 속상하게 만들고 말이야!"

나는 밑반찬으로 나온 상추 겉절이를 입에다 넣어드리며 맞장구쳤다.

"근데 가는 데마다 최고 실적을 찍긴 찍었나 보더라고? 그래서 그 새끼 따르는 사람도 일부 있긴 했대."

"아니, 근데 막말로 우리 베테랑들이 먹여 살리는 건데 무슨 지가 나설 데가 어디 있다고 나서? 그런다고 실적이 올라? 내 손에 장을 지진다."

그 말을 하며 동계동 여사님이 연거푸 소주잔을 비웠다. 모두가 거나하게 취했을 무렵 한 여사님이 집단 행동을 제안했다. 혹시라도 새로 온 점장이 누구 한 명에게 불이익을 주거나 못살게 굴면 우리 모두 가만히 있지 말자고. 다 같이 똘똘 뭉쳐 본때를 보여주자고. 모두 맞장구를 치며 건배를 했다.

"저기, 여울 씨 이리 와봐."

대리점 분위기를 살펴야겠다는 생각으로 평소보다 30분 정도 일찍 나왔는데 모두가 나보다 먼저 나와 제품을 챙기고 있었다. 깜짝 놀라 일을 서두르는데 새 점장이 나를 한쪽으로 불러 냈다.

"네?"

놀란 토끼 눈을 뜨고는 점장을 쫓아가는 내 꼴을 누군가 봤다면 참 우습다고 했을 터였다. 나는 그가 어떤 말을 꺼낼지 몰라 어깨를 잔뜩 움츠리고는 뒤를 따랐다.

"배달 구역 조정될 거야. 오늘부터."

"네? 왜요?"

"왜긴 왜야? 하라면 하는 거지."

"그럼 저는 어디로 바뀌었는데요?"

"오늘부터는 천사마을로 가."

"네?"

"그렇다면 그런 줄 알아."

점장은 홱 뒤돌아 가버렸다. 나는 필사적으로 그 뒤를 쫓으며 이유를 물었다. 왜 그런지 말해달라고, 그럼 언덕 위 아파트는 누가 맡는 거냐고 물어봤지만 대답은 돌아오지 않았다.

'그래도 천사마을이라니, 좀 심하다….'

뒤돌아 한숨을 크게 내쉬는데 이상하게 내 눈치를 살피는 서계동 여사님이 눈에 들어왔다. 나를 힐끔힐끔 쳐다보면서도 내 눈은 피하는 듯한 모습이 이상해 다가가 조심스레 물었다.

"여사님, 저 이제 천사마을로 가라는데 그럼 제 구역은 누가 맡는지 혹시 아세요?"

"…."

"여사님도 모르시는구나?"

그 말을 하고서는 포기하고 돌아서는데 동계동 여사님이 나를 붙잡으며 말했다.

"너무 기분 안 좋게 생각하지는 말고. 경험 쌓는다고 생각해."

"그래그래. 천사마을 가서 배우는 것도 있겠지."

남계동 여사님도 한마디 얹었다. 그 모습이 뭔가 수상쩍었다. 나는 그제야 점장에게 달려가 언덕 위 아파트 새 담당자가 누군지 알기 전에는 못 간다고 말했다.

"제가 일군 구역이잖아요. 새 계약도 50건 이상 땄고요. 말씀 안 해주시면 저 못 가요."

내가 제법 강경하게 나가자 점장이 결국 입을 뗐다.

"서계동 어머님이 맡으시기로 했으니까 더는 토 달지 말고 가. 빨리 출발해. 이러고 있을 시간에 하나라도 더 팔아야지? 응?"

사실 천사마을은 모두의 기피 지역이었다. 서울에 남은 마지막 달동네라, 높이와 경사가 무시무시했기 때문이다. 체감으로는 거의 90도에 가까운 비탈길과 좁은 골목 사이, 마을버스도 안 들어가는 위치에 있어 배달 콩콩이로도 접근이 쉽지 않았다. 게다가 형편이 어려운 어르신들이 많은 동네라서 품은 많이 들지만 매출은 잘 나오지 않는 곳이었다. 그 때문에 우리 지점 담당 구역이기는 하지만 누구에게도 배정되지 않던 섬과 같은 장소였다. 거길 통째로 내가 떠맡다니. 역사적인 순간이었다. 하지만 내게는 실망하고 상심할 시간 여유조차 주어지지 않았다. 점장이 내게 배달 리스트를 들이밀었다.

"이거 이번에 공공기관 입찰에서 따온 거야. 여기 싹 다 돌고 끝나면 판촉 행사도 하고. 내가 잡아 온 물고기에 너무 만족만 하지 말고 똑바로 해."

나는 그 리스트를 받아들고는 잠시 서 있다가 이내 몸을 움직였다. 주어진 시련을 받아들이기로 마음먹고서.

"헉헉."

마을 초입까지는 아직 한참 남았는데 나는 언덕조차 제대로 넘지 못한 상태였다. 콩콩이가 자꾸만 속력을 내지 못하고 뒤로 밀리는 바람에 더 지체되었다. 나는 3분의 2 정도 올라온 지점에서는 아예 시동을 끄고 힘으로 밀며 조금씩 전진하기로 했다. 날씨는 아직 쌀쌀한데 내 몸에 나오는 열기와 땀으로 옷 안이 흠뻑 젖었다. 나는 목 주변으로 흐르는 땀을 연거푸 닦아내면서 이를 바득바득 갈았다.

"내가 아주 본때를 보여준다. 보여줘!"

아무도 없는 비탈길에서 나는 그렇게 고래고래 소리를 지르며 약 30분간의 실랑이 끝에 마을 초입에 다다랐다. 여기서부터가 더 문제였다. 골목이 콩콩이가 아예 진입조차 할 수 없게 좁아서 제품을 모두 직접 들고 움직여야 했다. 배달할 곳은 70여 곳. 구청에서 취약계층으로 분류한 가정에 배달하는 건이었다. 계약 성격 상 내게 수수료가 좀 더 많이 떨어지는 고가의 제품이 아닌 가장 저렴한 요구르트를 하나씩만 배달해야 하는, 몸만 힘들고 내실은 없는 배달 건이었다. 나는 다시금 좌절했다.

닥친 일은 어찌저찌 해낸다 하더라도 앞으로 새 점장의 압박을 받을 걸 생각하면 매출을 늘릴 방법을 찾아야만 했다. 나는 현장에 답에 있을 거라고 결론 내리고는 동네 사람들과 충분히 친해지기 전까지는 해 지기 전엔 집에 들어가지 않기로 다짐했다. 결국 새벽부터 해가 일찌감치 지는 오후 5시까지 판촉 행사는커녕 배달처만 돌다 간신히 하루를 마무리했다.

빈 콩콩이를 타고 낭떠러지 같은 내리막을 내려와 대리점으로 돌아왔더니 아무도 없었다. 얄미운 점장도 자리를 비웠다. 나는 텅 빈 점장의 자리를 향해 눈을 한껏 흘기고는 파김치가 된 몸을 이끌고 집에 돌아왔다. 샤워한 뒤 욱신거리는 부위에 파스를 붙이고 누웠다. 왜 내게 이런 시련이…. 영혼 없이 스마트폰 액정을 두들기던 나는 모로 누워 웅크린 채 불도 끄지 못하고 잠들었다.

그날 밤 나는 악몽에 시달렸다. 꿈속에서 나는 밤새도록 아령을 품에 안고 롤러코스터를 탔다.

이것도 운명?!

천사마을에 배달하러 다닌 지 일주일 정도 지나자 노하우가 조금 쌓였다. 마을 초입에 콩콩이를 주차해놓고 장 보기용 손수레에 물건을 담고 집마다 돌아다니는 것이다. 물론 계단 턱에 가끔 걸리기는 하지만, 이 방법이 최선이었다.

3월의 초입이지만 달동네인 천사마을은 여전히 녹지 않은 눈과 얼음으로 바닥이 뒤덮여 있어 조심조심 다니지 않으면 넘어지기 일쑤였다. 지난번에도 이미 급한 마음으로 손수레를 끌다가 넘어져 무릎에 새파란 멍이 들었더랬다. 그래서 오늘은 미리 주문해 놓은 염화칼슘까지 챙겼다. 손수레를 이고 지고 높디높은 계단을 오르며 내가 전생에 무슨 죄를 지었나 잠시 생각했다.

벌써 몸에서 땀이 나기 시작했다. 다섯 겹이나 껴입은 옷 안에 열기가 갇혀 축축해졌다. 계단을 오르다 말고 중간에 서서 폴라티 목 부분을 연신 펄럭대며 열을 식혔다.

"안녕하세요, 어르신! 배달 왔어요. 여기 두고 갈게요."

문고리에 걸려 있는 배달 주머니에 요구르트 한 개를 넣으며 나는 크게 소리쳤다. 사실 일일이 인사를 건넬 정도로 여유가 있지는 않지만 그래도 혼자 사시는 어르신이 얼마나 적적하고 외로우실까를 생각하면 나도 모르게 목청껏 소리를 지르게 되었다. 가끔은 대답이 돌아오기도 하지만 귀가 어두우신 어르신 분들이 대다수이다 보니 별다른 대답을 듣지 못하고 지나치는 경우가 대다수였다. 그래도 어쩌다 길에서 마주치면 내 양손을 붙잡고는 반갑게 인사하며 말라비틀어진 귤을 내어주시는 어르신도, 싱싱한 굴로 담근 젓갈 한 통을 호주머니에 챙겨 넣어주시는 어르신도 있다. 그럴 때면 몸 둘 바를 모르게 감사하다. 연거푸 인사만 90도로 꾸벅 하고서 돌아서면 내 모습이 사라질 때까지 가만히 서서 손을 흔들고 계셔서 마음이 더 짠해진다.

오늘부터는 맨 꼭대기의 세 집 배달이 더 추가되었다. 생각만으로도 몸이 더욱 무거워지는 기분이었다. 그렇게 마지막 한 집을 남겨두고 있을 때였다. 손수레도 얼추 비워졌겠다, 내려가는 언 길이 위험할 것 같아 준비한 염화칼슘을 꺼내 헨젤과 그레텔마냥 걸음마다 조금씩 뿌리며 걸었다. 그때였다. 내 등을 세게 강타하는 아주 거친 손바닥 힘이 느껴졌다.

"재수 없게 어디다가 소금을 뿌려? 엉? 이런 짓거리를 왜 하는 거야? 한번 맞아볼텨?"

나는 어안이 벙벙한 상태로 이 상태를 이해해보려고 했지만 소용없었다. 얻어맞은 등이 얼얼한 데다가 당황한 나머지 아무 말도 하지 못했고, 간신히 뒤돌아 얼굴만 확인할 수 있었다. 확실하게 모르는 얼굴이었다. 단언컨대 태어나 단 한 번도 본 적이 없는 얼굴이었다.

"누구…세요? 저 아세요?"

나는 눈물이 핑 도는 걸 어쩌지 못한 채로 변명하듯 기어들어 가는 목소리로 답했다. 하지만 상대는 전혀 미안해하지도, 주눅 들지도 않은 채로 소리를 치기 시작했다.

"시끄럽게 구루마나 끌고 다니고! 사람들 잠 다 깨우려고. 미쳤어? 미쳤냐고? 나 참 별 인간을 다 보겠네. 별놈의 종자를 다 봐."

그 말을 듣는 동안 나는 상대를 가만히 관찰하기 시작했다. 키는 나보다 20센티미터는 커 보여 170센티미터를 훌쩍 넘길 것 같은 데다가 옷 입은 태만 봐도 알 수 있는 뼈가 굵은 장골이었다. 족히 80킬로는 넘어 보이는 건장한 체격, 웬만한 젊은 남자도 다 메치고도 남을 것 같은… 파마머리를 한 할머니였다.

'뭐지, 이 할머니는?'

할머니의 호통이 점점 커지니 이웃 주민들이 하나둘 문을 열고 나오거나 창문을 열고 얼굴을 내밀었다. 하지만 이내 상대를 보더니 바로 혀를 차며 모습을 감췄다. 단단히 잘못 걸린 것 같았다.

나는 머리를 굴리기 시작했다. 변명은 씨알도 먹힐 것 같지 않았기 때문이다. 어떻게 해야 할까 생각하는 찰나, 이번에는 빗자루 공격이 들어왔다.

"얼른 안 꺼져? 재수 없게."

그리더니 내 쪽으로 마구 비질을 해댔다. 그 바람에 나는 얼음조각을 밟고 손수레와 함께 계단 밑으로 굴러떨어져 몇 바퀴를 굴렀다.

"아악….."

나는 허리를 부여잡으며 간신히 몸을 일으켰으나 할머니는 나를 본 척도 하지 않았다. 화가 치밀어 올랐다. 온몸에 통증이 일자 그간의 역경이 머릿속을 스쳐서 나도 모르게 악을 썼다.

"어르신! 제가 여기 오고 싶어서 온 줄 아세요? 저도 오기 싫었어요! 혼자 사시는 어르신들한테 요구르트 배달하러 왔는데 이게 무슨 날벼락이래요? 제가 왜 모르는 분께 두들겨 맞아야 합니까!"

동네가 떠나가라 고래고래 고함을 질렀다. 그러자 비질을 하던 할머니는 갑자기 동작을 멈추고는 나를 삐딱한 시선으로 가만히 쳐다보더니 들은 체도 하지 않고 뒤돌아서 가버렸다. 나는 끝장을 보겠다는 생각도 아니면서 필사적으로 손을 짚고 계단을 네발로 기듯이 올라 할머니 등 뒤를 바짝 쫓았다.

"저기요, 어르신! 이거 너무한 거 아녜요?"

그러자 할머니는 나를 돌아보면서 한 방을 날렸다.

"못생겨가지구. 심보가 더럽게 생겼어. 쯧쯧. 얼릉 가. 악다구니 쓰지 말고."

그러고는 빗자루를 가지고 빠른 걸음으로 사라져 버렸다. 나는 기가 막혀 양 주먹을 꽉 쥔 채로 서 있다가 온몸이 욱신거리는 통에 어쩔 수 없이 마지막 집을 향해 발걸음을 옮겼다. 그리고 빈 주머니에 요구르트를 넣고서는 돌아서는데 문이 확 열리며 그 미친 할머니가 또다시 모습을 드러냈다.

"이런 거 줘도 안 먹으니까 당장 가지고 썩 꺼져! 누가 도와달랬어? 이까짓 거 뭐 도움이 된다고. 당장 꺼져!"

나는 기세등등한 할머니의 모습에 혀를 내두르며 그대로 줄

행랑치듯 마을을 떠났다.

"아아⋯. 너무 아파⋯. 대체 그 할머니 뭐야?"
그날 밤 편의점에서 급하게 산 파스를 온몸에 붙이며 나는 기가 차 중얼거렸다. 도깨비라도 만난 것 같은 기분이었다. 아니, 염라대왕을 만나면 그런 기분일까? 머리를 좌우로 흔들어 아까의 기억을 떨쳐버리려 해도 억울함과 황당함이 마구 몰려와 가시질 않았다. 더 큰 문제는 새로 추가된 배달처에 그 할머니의 집이 포함되어 있다는 것이었다. 그것도 화룡점정처럼, 대미를 장식하듯 맨 마지막에. 앞으로 매일 그 할머니의 집에 들러 이런 수모를 겪어야 한다는 사실이 믿기지 않았다.
'어떻게 피할 방법이 없을까?'
나는 다음 날 점장에게 읍소를 해볼까도 생각해보았지만, 실적만 부르짖는 냉혈한은 귓등으로도 듣지 않을 것 같았다. 그날 밤 이불 속에서 수없이 머리를 굴리다 간신히 잠에 빠져들었다. 하지만 집채만 한 불도그에 쫓겨 도망다니는 꿈을 꾸다 비명을 지르며 일어났다.

"점장님⋯. 저 혹시 천사마을 구역, 꼭 해야 하는 건가요? "
이튿날 나는 출근하자마자 되지도 않는 부탁을 했다. 점장은 그 말을 듣는 순간 고개를 휙 돌려 나를 빤히 쳐다봤다.

"그럼 누가 해요?"

"누가 하냐는 게 아니라요…. 거기가 콩콩이도 진입이 안 되고요…. 배달하는 데만 대여섯 시간이 걸리고…. 판촉 행사 해도 별 효과도 없고요. 그 전에도 거긴 아무도 배달 안 갔어요."

거기까지 말이 끝났을 때 점장은 무슨 꿍꿍이인지 안쓰럽다는 표정을 지으며 고개를 끄덕였다.

"그랬어요? 아이고, 힘들어서 어떡해? 그럼 내가 할까요?"

평소에 하지도 않는 존댓말을 써가면서 웃는데 온몸에 닭살이 쫙 돋으면서 오싹하기까지 했다. 아니라고, 못 들은 걸로 하시라고 말하고 도망치듯 대리점을 빠져나왔다.

"내가 지금 뭔 짓을 한 거냐…. 누울 자리를 보고 다리를 뻗어야지."

나는 잔뜩 실망한 채 불안한 마음을 안고서는 다시 천사마을을 향해 무거운 걸음을 옮기기 시작했다.

천사마을은 고지대에 위치해서 아랫마을보다 바람이 더 거세고 공기는 더 찼다. 여전히 한겨울 같은 칼바람이 부는 초봄에 이 높은 동네를 오가야 하는 내 야속한 팔자를 탓하며 손수레를 꺼내 배달할 음료를 옮겨 담기 시작했다. 그리고 또다시 계단을 쉼없이 오르는 고행의 시간을 시작했다.

"어르신, 배달 왔어요. 요구르트 얼기 전에 얼른 드세요."

나는 집마다 외치며 음료를 문밖에 걸린 봉투 안에 넣고 또 넣었다. 하지만 손수레가 비어갈수록 마음이 점점 무거워지기 시작했다. 이제 남은 집은 단 두 곳. 한 곳은 미친 할머니가 버티고 있는 그 집이다. 거기까지 갈 자신이 없어 나는 그만 계단 중간에 털썩 주저앉았다. 그때 문이 빼꼼히 열리더니 어르신께서 귀하디귀한 천혜향 한 알을 들고서는 한 손으로 내 머리를 쓰다듬으며 말했다.

"이거 먹어. 그리고 그 할매는 신경 쓰지 마. 이 동네에서 그 할매 좋아하는 사람 아무도 없어. 성격이 하두 괴팍해서 왕래하는 사람도 없고. 그냥 그러려니 해. 뭐라고 해도 한 귀로 듣고 한 귀로 흘려."

이가 다 빠진 쪼글쪼글한 입으로 오물거리며 어르신이 말했다. 나는 천혜향을 받아들고는 일어서서 깍듯하게 인사를 하고는 얼른 들어가시라고 손짓을 해 보였다.

"어르신, 감사해요. 추우니 얼른 들어가세요. 그러다 감기 드시겠다. 응?"

들어가시는 어르신의 뒷모습을 바라보다가 마음을 다잡았다. 손수레 소리가 크다고 난리였으니 여기서부터는 조심히 들고 갈 요량이었다. 어차피 요구르트도 얼마 없으니 괜찮아.

 나는 마지막 집에 배달할 요구르트를 한 손에 들고 다른 한 손에는 손수레를 들고 조심조심 계단을 오르기 시작했다. 연통에 김이 모락모락 나는 걸 봐서는 그 미친 할머니가 집에 있는 것 같았다. 정말 얌전히, 왔다 간 줄도 모르게 조용히 움직여야겠다 다짐하며 발걸음을 옮겼다. 그런데 문밖 주머니에 요구르트를 살그머니 넣자마자 철제문이 확 열렸다. 놀란 나는 엉덩방아를 아주 제대로 찧었다.
 "아야!"
 "이거 넣지 말라고 했지? 귀먹었어? 넣지 말라고."
 "어르신, 이거 제가 넣고 싶어서 넣는 거 아니에요. 국가에서 나오는 거라고요. 구청에서 주라고 했다고요. 공짜예요."
 "내가 그 말 믿을 거 같아? 세상에 공짜가 어딨어? 응? 신문도 공짜라고 하면서 몇 년을 욱여넣고는 나중에 돈 달라더니만 이제는 웬 미친 여편네가 억지로 또 뭘 주네. 당장 가지고 안 꺼져? 썩 꺼져!"
 하지만 나는 그 호통에도 굴하지 않았다.
 "안 드실 거면 버리시라고요!"
 나는 외마디 비명을 꽥 지르고서는 계단을 미친듯이 달려 내려가기 시작했다. 미친 할머니의 목소리가 들려오지 않을 때까지 뒤도 돌아보지 않고 날 듯이 뛰었다. 그리고 마을 초입에 다다를 무렵에야 멈춰서서 두 손으로 무릎을 짚은 채 거친 숨을 토해냈다.

"헉헉. 헉헉. 이게 다 뭔 일이야⋯."

매일 이 전쟁을 치러야 한다고 생각하니 아찔했다. 나는 그날 처음으로 한 번도 내 사전에 없었던 '퇴사'라는 단어를 떠올렸다.

온기가 빠져나간 자리

"아이고, 삭신이야."

매일 아침 일어나기 싫은 건 똑같지만 천사마을을 배정받은 다음부터는 더더욱 싫어졌다. 몸을 일으킬 때마다 관절 구석구석이 소리를 지르는 것 같이 삐걱거렸고, 기름칠이라도 해줘야 할 것처럼 뻑뻑했다. 나는 상체만 살짝 들고는 손 닿는 곳에 둔 물파스를 집어 다리 이곳저곳에 골고루 발랐다.

아, 진짜 빡세다. 진짜 이건 아닌데…. 도매시장에서 음식 배달도 해봐서 힘쓰고 몸 쓰는 일에 자신이 있었다. 내가 못 할 일은 없다고 생각했는데, 그게 아니었다. 천사마을을 오가는 일은 매일 북한산 등반을 세 번 정도 하는 것 같았다. 나는 양손으로 얼굴을 감싸 쥐고는 한숨을 푹푹 쉬었다. 이제는 정말 집을 나서야 했다. 온 힘을 다해 몸을 일으켜 채비하고서는 집을 나섰다.

3월 중순이 되니 어디선가 싱그러운 봄 내음이 나는 것 같았다. 잠시 기분이 나아지나 싶었지만, 천사마을 근처에 도착하자마자 나를 기다리고 있는 90도 가까운 경사로를 보니 기분이 순식간에 곤두박질쳤다. 어느 세월에 여길 또 오르냐.

오늘도 완충하긴 했지만 콩콩이가 많이 힘든지 골골 소리를 내며 제 속도를 내지 못했다. 나는 불안한 마음으로 간신히 중턱까지 끌고 올라갔지만 거기가 한계였다. 그나마 내 콩콩이는 출고된 지 6개월이 안 된 새 제품이라 성능이 좋았지만 이대로라면 금세 나빠질 게 분명했다. 아니나 다를까, 요즘 부쩍 험한 경사로를 몰고 다니니 콩콩이가 조금씩 힘들어하는 게 눈에 보였다. 나는 얼른 내려 수동 모드로 바꾸고 콩콩이를 힘주어 밀기 시작했다. 조금씩 조금씩 아주 느리게 오르막을 올랐다.

천사마을 초입에 다다라 올라온 길을 돌아본 순간 눈앞에 펼쳐지는 풍경에 깜짝 놀랐다. 그 전에는 안개가 끼거나 너무 어두워서, 아니 사실 마음이 너무 바빠서 보지 못했던 풍경이

내 발밑에 있었다. 날이 화창해서 그런지 서울 북계동 일대뿐만 아니라 저 멀리 남산타워까지 보였다. 나는 눈앞에 펼쳐진 근사한 풍경을 바라보며 굳어진 몸을 이리저리 비틀어 힘이 잔뜩 들어간 허리와 다리를 풀어주었다. 이제 좀 살 것 같았다. 하지만 이 풍경을 계속 즐길 여유는 없었다. 해야 할 고된 일을 떠올리니 금세 한숨이 나왔다.

'에휴. 일이나 하자. 이러고 있을 때가 아니잖아.'

나는 마을 초입에 콩콩이를 세워놓고는 손수레를 꺼내어 제품을 담기 시작했다. 그리고 주머니에도 요구르트 두 개를 넣고는 탕탕 두 번 두들겼다.

'잘 부탁한다.'

천사마을 배달을 시작한 뒤 생긴 나만의 의식이었다. 그리고 나는 내 앞에 절벽처럼 솟아 있는 계단을 걸어 올라가며 본격적으로 일을 시작했다.

"아이고, 이 아침부터 일하는 거? 힘들어서 어쩌누."

마스크를 벗은 앳된 내 얼굴을 보고서는 어르신들이 다가와 멈춰서 한마디씩들 하셨다.

"아니, 어린 처자가 어떻게 이런 일을 한대?"

"힘들지는 않아?"

"쉬엄쉬엄해."

"몇 살이나 되었슈?"

"스물여섯 살이요."

"아이고, 애기구만 애기야. 저짝이 지금 아흔이 넘었어. 아이고야."

"그렇게 어리단 말이야? 근데 왜 여기 있어?"

할머니들이 수군수군대셨다. 나는 그 질문에 웃음으로 대답하고는 꾸벅 인사를 하고 돌아섰다. 아직 배달할 집이 많이 남았다. 3분의 1도 못 했다. 꾸물대다가는 또 저녁이 다 되어서나 퇴근할 수 있을 게 뻔했다. 나는 다시 힘주어 계단을 오르기 시작했고 어르신들의 목소리가 점점 작게 들려왔다.

"안녕하세요, 요구르트 배달 왔습니다. 제품 여기다 둘 테니까 꼭 챙겨 드세요."

"안녕하세요, 요구르트 여기다 놓아두겠습니다. 잊지 마시고 드세요."

"안녕하세요, 요구르트예요. 바깥에다 놓을 테니 얼기 전에 드세요."

나는 레퍼토리를 바꿔가며 배달하는 집마다 인사를 하고 바깥에 걸린 봉투에 요구르트를 넣었다. 그렇게 한참을 도니 다시 온몸이 축축해지며 열이 차오르는 게 느껴졌다.

'잠깐 쉴까?'

나는 계단 중턱에 서서 겉옷의 지퍼를 내리고 잠시 옷을 벗고서는 부채질을 했다. 추운 날씨에도 바삐 움직이며 생긴 열기가 쉬이 가라앉지 않는 듯했다. 나는 그러고 몇 분을 더 서서 휴식을 취했다. 선 김에 손수레에 요구르트가 얼마나 남았는지를 확인해보았다. 이제 반 정도가 남았다. 그래도 배달하는 데 걸리는 시간이 점점 줄고 있었다. 첫날에는 오후 5시가 넘어서야 끝났는데 둘째 날에는 오후 4시 그리고 일주일이 지난 지금은 오후 3시면 끝낼 수 있을 것 같았다. 갑자기 희망이 슬그머니 샘솟기 시작하니 입꼬리가 올라가기 시작했다. 나는 다시 한번 신발 끈을 묶고는 계단을 열심히 오르며 이 집 저 집 배달을 시작했다.

"안녕하세요, 요구르트 배달 왔습니다. 밖에 놓았으니 얼른 드세요."

내 목소리가 다시 골목 골목에 울려 퍼졌다.

"이제 진짜 두 집 남았어…. 헉헉."

나는 자꾸만 땀이 차는 내의에 손을 넣어 틈새에 찬 바람이 들어가게끔 연신 옷깃을 퍼덕이며 마지막 계단을 올랐다. 그런데 연기가 뿜어져 나와야 할 연통에서 아무것도 나오질 않는 게 보였다.

'이상하다. 이 날씨에 난방을 안 한다고?'

의아했다. 도시가스가 들어오지 않는 이곳은 거의 다 기름보일러나 연탄보일러 그게 아니면 화목난로로 난방을 했다. 김씨 할아버지네 집도 마찬가지였다. 아무리 봄이라지만 난방을 아예 하지 않기엔 추운 날씨인데.

'연탄 때서서 연기가 안 나는 건가?'

찜찜함을 무시하고 발걸음을 떼던 나는 한숨을 한번 쉬고 다시 뒤돌아섰다. 그래, 김여울이 오지랖 안 부리면 누가 오지랖 부리겠어. 한번 들렀다 가자.

"김정룡 할아버지 댁 맞나요? 계신가요? 저 요구르트 배달 왔는데요. 안에 계신가요?"

돌아오지 않는 대답에 문을 두드리다 손잡이를 살짝만 건드렸더니 문이 스르륵 열렸다. 방 안의 칠흑 같은 어둠이 불길한 느낌을 더욱 고조시켰다. 발을 들이고 싶지 않았다. 그와 동시에 이상한 냄새가 나기 시작했다. 나는 얼른 코를 막고는 고개만 살짝 안으로 들이밀었다. 그러자 발이 보였다.

"할아버지, 주무세요? 이런 날 난방 안 하시면 큰일 나요. 입 돌아가요."

그렇게 말을 걸어보았지만 돌아오는 대답은 없었다. 나는 조금 더 용기를 내기로 했다. 귀가 어두우실 할아버지를 생각해 이제는 거의 고함을 치듯이 부르며 안으로 한 발짝을 더 내디뎠다.

"할아버지, 저 요구르트 안에다 놓고 갈게요! 아셨죠? 놀라지 마시고요. 저 지금 안에 들어가요!"

그렇게 몇 발짝 들여놓았을 뿐이었는데 횅한 방 안 모습이 눈에 들어왔다. 어둠에 눈이 익숙해지자 어느 순간 방 안이 희미하게나마 눈에 들어오기 시작했다. 텔레비전과 이부자리 그리고 누워계시는 할아버지. 주무시고 계셨구나.

할아버지 머리맡에 요구르트를 놓아드리고는 함부로 집에 들어와서 죄송하다고 말할 참이었다. 그런데 이상한 액체가 몸 주위로 빠져나와 방바닥에 눌어붙어 있었다. 그리고 그 주위로 뭔가 꿈틀거렸다. 조금 더 가까이 다가가서 확인하려는 순간 나는 그 자리에 주저앉고 말았다. 시선을 돌릴 정신도 없이 바라만 보고 있는데, 누군가 다가와 눈을 가려주었다.

"이런 거 보고 다닐 것 같아서 그렇게 야단법석 떨지 말라고 내가 몇 번이나 말했는데."

나는 내 시야를 완벽히 가린 두툼한 손에 의지할 수밖에 없었다. 무슨 정신으로 그 집을 돌아나왔는지 기억이 잘 나지 않는다. 얼마 뒤 구급대원이 도착했고, 뒤이어 경찰이 도착해 넋이 나간 나를 붙잡고 이런저런 질문을 하던 희미한 기억뿐이다. 나는 머릿속이 온통 새하얘져 아무런 말도 못했다. 주저앉지 않으려 애를 쓰며 버티던 그때, 퉁명스러운 목소리가 나와 경찰 사이를 파고들었다.

"이런 거 첨 봐? 겨울 되면 얼어 죽는 노친네가 한둘이야? 조서 한두 번 써? 어린 기집애가 봤음 뭘 얼마나 봤겠어. 그냥 나한테 물어봐."

나를 뒤로 밀쳐낸 두툼한 손의 주인은 경찰과 이야기를 나누기 시작했다. 나는 집을 나와 그 앞 층계참에 걸터앉았다. 아무도 내게 그다음에 무엇을 해야 할지 알려주지 않았다. 결국 마지막 집 배달은 하지 못했다.

"무슨 일 있어?"

대리점에 들렀다가 만난 서계동 여사님이 내 반응이 여간 이상하지가 않은지 먼저 말을 걸었다.

"입술이 파래. 날이 춥긴 한데 그 정도는 아닌데. 자기야, 정신 차려 봐."

여사님이 내 대답을 채근하며 어깨를 붙잡고 흔들어댔다. 그 모습을 보고 점장까지 자리에서 일어나 말을 걸었다.

"뭔 일인데? 좀 조용히 살자. 응?"

주체할 수 없는 눈물이 뚝뚝 떨어졌다. 점장의 말에 눈물마저 얼어붙는 것 같은 느낌을 받으며 간신히 서계동 여사님만 들을 수 있을 정도로 속삭였다.

"돌아가셨어요."

"뭐?"

"할아버지가 돌아가셨어요."

"친할아버지가 돌아가셨다고?!"

"아뇨…. 모르는 분이에요. 모르는 분이시라고요."

나는 그 말만 되풀이하고는 집을 향해 내달리기 시작했다.

오늘부터 3만 보

오늘은 어쩐지 출근을 할 자신이 없었다. 알람이 울리는데도
몇 번을 끄고 다시 이불 속으로 기어들어가 귀까지 틀어막았다.
다섯 번째 알람이 울리는 순간 나도 모르게 이불을 걷어차버리
고서는 휴대전화를 꺼버렸다. 그러고는 그대로 누워 컴컴한 방
천장을 하염없이 바라보았다. 그렇게 시간을 죽이다 보니 출근
시간이 한참 지나 있었다.

'오늘도 배달이 밀려 있는데….'

내가 아르바이트를 시작할 무렵, 나를 보는 어른들의 눈총은
따갑기만 했다. 이른바 MZ 세대에 대한 편견 때문이었다.

"얘네는 힘든 일 시켜봤자 잠수 타고 안 나와. 그냥 지 마음에 안 들면 그냥 바이바이라고."

"기껏 없는 시간 쪼개서 일 가르쳐놨더니 또 그냥 쉽게 그만 둬버리지. 그냥 난 이제 젊은 애들은 안 뽑아."

이런 편견 탓에 아르바이트 자리를 구하는 게 쉽지 않았다. 다들 내 이력서를 한 번 보고 내 얼굴을 한 번 훑으며 불편한 듯 입맛을 다시다 그런 말을 꺼냈다. 전임자가 도망갔는데, 여울 씨 또래라고. 그때마다 나는 내가 잘못이라도 한 듯 대신 사과를 했다. 열심히 하겠다고, 나는 그렇게 도망치지 않겠다고, 일자리가 절실하다고 읍소를 하고 또 했다. 어렵사리 일자리를 얻으면 의심의 눈초리가 걷히게끔 남들보다 더 몸을 불살라 일했다. 동대문 음식 배달도 그랬다. 상인들의 텃세 때문에, 또 몸을 많이 써야 하는 일이기에 젊은 애는 못할 거라며 나를 고용하지 않으려고 했다. 나는 끝까지 주인의 팔을 잡고 늘어지며 한 번만 써보시라고, 누구보다도 돈이 간절하다고 애원했다.

아버지는 내가 열 살에 집을 나가셨다. 어머니는 20대의 창창한 나이로 나를 먹이고 키우셔야 했다. 그뿐만이 아니었다. 외가 쪽에는 사고만 치는 할머니의 아픈 손가락인 삼촌이 하나 있었다. 도박에 빠져 집안의 재산을 모조리 끌어다 쓴 것도 모자라 온 가족을 신용불량자 만든 사람, 돈이 떨어지고 도박을 못하게 되자 정신병동에 입원한 사람, 결국 가족과 연을 끊은 사람이었다. 그럼에도 이따금 삼촌에게서 전화를 받으면 어머니는 어쩔 줄을 몰라 했다.

나는 다행히 알아서 크는 아이로 자랐다. 집안일도 알아서 했고 아르바이트도 일찌감치 시작해 어머니의 짐이 되지 않으려 애를 썼다. 어머니의 짐은 삼촌 하나로 족했으니까, 나까지 짐이 될 수는 없는 일이었다. 기울어지다 못해 폭삭 무너진 집안을 일으켜 세울 수는 없어도 적어도 내 앞가림과 나를 낳아준 핏줄에게만은 도리를 다하려고 애썼다. 그런 나를 외가 식구들은 복덩이라고 했다. 하지만 나는 그렇게 대단한 사람이 아니었다. 그저 남들보다 일찍 1인분의 몫을 하게 된 사람, 그 이상도 이하도 아니었다. 내 목표는 단지 잘 먹고 잘사는, 내가 주도하는 딱 1인분의 삶. 그뿐이었다. 그러니 지금의 이 상황에서도 도망칠 곳은 없었다. 죽은 사람을 봤다고 해서 겁먹고 일을 그만둘 수는 없었다. 나는 이부자리를 정리하고 옷을 주섬주섬 입으며 다짐했다. 도망가지 않겠노라고.

천사마을은 어제와 똑같은 모습이었다. 나는 내심 달라진 마을 분위기를 기대했나 보았다. 사람이 하나 죽어 나가는 소동이 있었기에 어르신들이 모여 수군댄다든가, 문단속을 더 단단히 하며 낯선 이를 경계할 줄 알았는데 그러지 않았다. 어제 내가 그 현장을 봤다는 소식을 들었는지 한 어르신이 말을 걸어왔다.

"어제 김씨 할아버지 가고 한참 시끄러웠지. 근데 뭐 어쩌겠어. 매년 겨울이면 벌어지는 일인걸. 우리 같은 노인네는 거동 불편하고 그러면 날씨가 좀 추워도 얼어 죽고, 오가는 사람도 없어서 늦게사 발견되는 일이 허다해."

그 말을 하며 평소처럼 떠먹는 요거트 두 개를 사서 가셨다.

2시간이나 늦어진 배달을 서둘러 시작했다. 게다가 오늘은 오후부터 눈 소식이 있었다. 눈이 쌓이고 그게 얼면 일하기 힘들어질 게 뻔했다. 빠르게 움직여야 했다. 재수가 없으면 당장 집에 돌아가는 길부터 험해질 수도 있었다. 나는 손수레를 꺼내 배달할 제품을 차곡차곡 쌓고서는 주머니 안에 마지막 집에 배달할 요구르트까지 넣었다. 나는 그렇게 가파른 계단을 오르며 평소처럼 집마다 인사를 남기고 요구르트를 빈 봉투 안에 담았다.

"요구르트 왔어요. 얼기 전에 얼른 가져가세요."

"안녕하세요, 어르신! 요구르트 배달 왔어요. 꼭 챙겨 가세요."

"어르신, 맛있게 드시고 건강하세요."

배달을 거의 마치고 마지막 욕쟁이 할머니 집만이 남았다. 나는 몇 번이고 뭐라고 인사를 해야 할지 망설였다. 그 집 앞에 가는 것조차 두려웠다. 뭐라고 해야 신경을 거스르지 않을까. 고민 끝에 용기를 내어 할머니 집 앞에 걸려 있는 봉투에 요구르트를 넣으며 더욱 힘차게 소리쳤다.

"할머니, 맛있게 드시고 꼭 오래 사셔야 해요!"

그리고 돌아서 내려가는데 문이 열리더니 할머니가 계단참에 섰다.

"안 도망갔네?"

"네?"

"배달 다 했으면 나 따라와."

"저 그게, 마을 초입에 배달차를 세워놓아서 오래 자리를 비우기가….."

"잔말 말고 따라오라고!"

할머니는 호통을 치고는 커다란 배낭을 메고 양손에는 족히 3리터는 되어 보이는 빈 통을 들고 앞장서기 시작했다.

"어디 가시는데요?"

나는 어정쩡한 자세로 이미 뒤따르고 있었다.

"몸을 놀려야지. 사람이 문지방 넘을 힘만 있어도 자기 먹을 건 자기가 마련하라고 했어. 내가 뭐 방 안에 누워서 죽을 날만 기다리는 그런 양심 없는 노인네로 보이냐?"

할머니가 발걸음을 재촉하자 나도 모르게 그 뒤를 따라잡으려 속도를 내기 시작했다. 이미 체력을 거의 다 소진한 터라 집에 가서 얼른 누워 쉬고 싶지만, 어제 일을 생각하면 그럴 수도 없었다. 나를 지켜준 사람이었으니까. 천사마을은 산자락에 있어서 맨 끝 집에서 조금만 올라가면 산으로 바로 이어진다. 십여분을 더 올라가면 어르신들이 운동할 수 있는 공원이 나오고, 그 옆으로 난 계단을 타고 오르면 정상까지 갈 수 있는 모양이었다. 나는 헉헉대며 빠른 할머니의 걸음을 간신히 따라잡았다.

'아니, 이게 정상이야? 말도 안 돼.'

아무리 내가 배달하며 힘을 모두 빼고 따라가는 거라고 하더라도 돌도 씹어 먹을 20대 중반인 내가 힘이 부친다는 게 말이 안 되었다. 나는 온 힘을 다해 할머니를 추월하는 데 성공했다. 하지만 어디 가는지를 알 수 없으니 마냥 앞서 걸을 수도 없었다. 게다가 동네 뒷산이라고 하기에 산세가 생각보다 험했다. 한 사람 정도만 간신히 지나갈 수 있는 길이라 잘못 발이라도 삐끗했다가는 낭떠러지로 굴러떨어질 것 같았다. 나는 정신을 바짝 차리기로 했다. 몸 안에 도는 더운 열기가 옷 사이를 빠져나오지 못해 옷이 다시 젖기 시작했다. 나는 겉옷도 벗어 팔에 걸친 채로 할머니 뒤를 바짝 추격했다.

"그러고 산을 오냐? 정신이 나갔구만. 그러다 고뿔 걸려 크게 고생하지. 쯧쯧."

"아니, 올 줄 몰랐죠. 냅다 따라오라고 하셨잖아요. 이제 와 다른 소리 하기 있기예요?"

나는 화가 나 되받아치며 물었다. 하지만 답은 돌아오지 않았다. 자기가 대꾸할 말이 딱히 없는 말은 무시하는 게 원칙인 듯 했다.

'그래, 내가 참자. 젊은 내가 참아야지. 무슨 어르신한테 논리를 요구해. 내가 바보다. 내가 바보야.'

아무 말 없이 묵묵히 산을 오르고 또 오르는 그 뒤를 따라가다 보니 신발 끈이 풀려 있었다. 옷가지와 손수레를 바닥에 내려놓고 몸을 숙여 신발 끈을 묶으려는데, 앞서 가던 어르신이 어느새 가까이 와 내 신발 끈을 묶어주기 시작했다. 부탁하지도 않은 호의에 당황해 돌처럼 굳어 그 자리에 섰다. 고맙다고 해야겠지?

"어르신, 고맙습니다…."

"신발 끈 좀 똑바로 매라. 걸리적거려서 죽겠다."

감동은 단 10초도 가지 않았다. 그렇게 삼십 여분을 넘게 따라갔을까? 발걸음을 서두르던 할머니는 어느새 모습을 감췄다. 무거운 다리를 끌고 뛰듯이 따라잡아 층계참에 섰더니 약수터가 보였다. 그곳에 먼저 도착한 할머니는 배낭 속에 넣어온 물통과 들고 온 물통 모두에 물을 담고 있었다.

"할머니, 약수 길으러 오신 거예요?"

"보면 모르냐."

"근데 저는 왜요?"

"뭘 물어. 따라와 놓고."

"그러니까 왜요?"

"너는 지금 생각이 너무 많아. 몸을 좀 놀려야 해. 그 무거운 엉덩이를 뗄 줄도 알아야 한다고."

갑자기 불길한 예감이 엄습했다. 설마 저걸 나보고 들라고 하는 건 아니겠지? 이미 내 체력은 바닥이 나다 못해 저 지하까지 뚫고 내려간 상태였다. 나는 더욱더 옷가지를 잘 보이게 내 팔에 걸쳐놓고 손수레를 바짝 잡았다. 내게는 들고 갈 손이 없다는 사실을 어필해볼 요량이었다. 그리고 최대한 불쌍한 표정을 지어 보였다. 할머니 혼자 저걸 다 들게 두고 싶지는 않았지만 일단 내가 먼저 살고 볼 일이었다. 그러자 할머니는 배낭에 물통 하나를 넣고 나머지 물통 두 개는 양손에 들고서는 눈을 동그랗게 뜨고는 나를 바라보며 말했다.

"뭐해? 앞장서. 늙은 내가 앞장서랴?"

나는 안도의 한숨을 내쉬며 올라왔던 길을 짚어 내려가기 시작했다. 그러면서도 뒤통수가 따가웠다. 누가 보면 나를 욕할지도 몰랐다. 나이가 지긋하신 어르신이 물통을 세 개나 이고 지고 가는데 새파랗게 젊은 애는 아무것도 안 들고 길만 되짚어 내려가고 있으니 말이었다. 하지만 초행길을 앞장서 내려가는 건 맨몸으로도 쉬운 일이 아니었다. 가파른 경사길을 오르는 게 힘들다고 생각했지만 오히려 내려가는 게 보통 긴장되는 일이 아니었다. 나는 굴러떨어지지 않으려 발에 있는 힘을 다 주고 버티고 또 버티며 간신히 하산했다. 나는 감히 고개를 돌려 뒤를 볼 여유도 없었지만 할머니는 아주 여유롭게 내려왔다. 자존심이 팍 상했다. 나는 몰려드는 패배감을 몰아내려 애썼다.

'뭐지, 저 할머니? 내가 만난 어르신 중 체력 상위 1퍼센트는 되겠다. 1퍼센트가 뭐야, 0.1퍼센트는 되겠다. 안 힘든가? 내가 이상한가? 아니야, 저 할머니가 이상한 거야. 저 할머니가 특이한 거라고!'

그렇게 되뇌며 발을 움직이니 어느덧 출발했던 곳에 도착했다. 안도감이 밀려와 온몸의 긴장이 풀리기 시작했다. 두 다리는 어느새 흐물거려 서 있지도 못할 지경이 되자 그만 주저앉고 말았다. 할머니는 그런 나를 보고 한마디 던졌다.

"젊은 애가 벌써부터, 쯧쯧. 그렇게 비실해서 네 몸 하나 건사하겠냐…"

그 말만 남기고서는 집 안으로 쑥 들어가 버렸다. 나는 당황하면서도 수치스러운 마음에 할머니 뒤에 대고 주먹 감자를 잔뜩 날려 보였다. 나는 그렇게 한참을 씩씩대다 마을을 나섰다.

집에 도착하니 저녁 6시가 넘어 있었다. 오늘도 판촉 행사는 하지도 못했다. 나는 실적 압박에 머리를 쥐어뜯으며 할머니만 을 원망했다.

"왜 데려간 거야! 왜 가자고 한 거야! 나는 그걸 왜 또 따라간 거야! 하여간 인생에 도움이 안 돼요!"

3만 보를 훨씬 넘게 걸으니 발바닥에 불이 나는 것 같아 다 리 곳곳에 파스를 붙였다. 머지않아 까무룩 잠든 나는 다음 날 아침 알람이 울릴 때까지 단 한 번도 깨지 않았다.

우리의 동행

요즘 들어서는 다른 건 걱정이 되질 않는다. 천사마을의 그 험난한 오르막을 오르내리는 것도, 욕쟁이 할머니를 따라 뒷산까지 오르며 체력을 바닥내는 것도 익숙해졌다. 다만 여전히 나를 괴롭게 하는 건 실적에 집착하는 점장 눈치를 보느라 새벽같이 출근하는 일이다. 오늘도 새벽 3시에 맞춰둔 알람 소리를 듣고 겨우 일어나 서둘러 준비하고 조금은 무거운 마음으로 집을 나섰다. 대리점의 불은 이미 켜져 있다. 점장은 마치 대리점에서 먹고 사는 사람처럼 누구보다 일찍 출근해 누구보다 늦게 퇴근한다. 얼굴도 쳐다보기가 싫어 뒤통수에 대고 인사를 하는 둥 마는 둥 하고서는 제품부터 챙겼다. 그런 내 곁에 점장은 쪼르르 달려와 팸플릿 한 뭉치를 들려주며 오늘은 꼭 길거리 판촉 행사를 하라고 채근하기 시작했다.

"오늘은 꼭 이거 돌려. 요새 아주 그냥 몸 사리는 것 같아, 응?"

"그만 좀 하소. 천사마을이 얼마나 힘든 구역인지 몰라?"

그 모습을 보고 참다못한 서계동 여사님이 구운 달걀을 한 입 베어 우물거리며 내 편을 들었다. 담당 영역이 바뀌어 사이가 서먹해지고 난 후 처음 있는 일이라 당황스러우면서도 한편으로는 고마웠다. 남계동 여사님까지도 허리에 양손을 올리고는 점장에게 한 발짝 다가서며 한마디 보탰다.

"천사마을 가본 적은 있는 거 맞아요? 거기 콩콩이 아예 들어도 못 가는 거 아시죠? 젊은 친구가 아주 피골이 상접했어요, 피골이 상접했다고요."

그 말을 하더니 남계동 여사님은 보온병에서 뭔가를 따라 내게 건넸다. 나는 눈을 동그랗게 뜬 채 엉겁결에 잔을 받았다. 한 입 쭉 들이키고 보니 따뜻한 생강차였다. 여러 가지 한약 재료도 함께 우린 듯했다. 감동한 나는 여사님께 감사의 눈빛을 보냈다.

"그런 게 다 핑계야. 내가 처음 발령받았을 때 여기서 2시간 거리에 살았다고. 거기서 여기까지 출퇴근하는 데 얼마나 걸리는 줄 알아? 왕복 5시간이 넘어. 그런 거리를 눈이 오나 비가 오나 다녔다고. 한 번도 지각도 안 하고. 그때 몸이 힘들다 어쨌다 그랬으면 지금의 나는 없어. 아시겠어?"

말꼬리는 턱턱 잘라먹었지만 여사님들은 아무런 대꾸도 하지 못했다. 괜히 말만 길어질 게 뻔해서였다.

"암튼 이거 쫙 다 돌려. 천사마을이건 악마마을이건 필요한 사람이 있을 거 아니야?!"

그가 윽박을 지르자 주눅이 든 나는 팸플릿을 챙겨 재빨리 대리점을 나섰다. 콩콩이를 타고 새벽 공기를 가르는 기분이 이전처럼 좋지만은 않았다. 재수없는 저 면상으로 하루를 시작했으니 당연한 일이었다.

"도오착!"

겨울 내내 언 길이 3월 말이 되니 거의 다 녹았다. 다행히 해도 일찍 나서 배달하기가 좀 더 수월했다. 동네 지리도 이젠 익숙해져 헤매지 않고 배달할 수 있게 됐다. 이 기세라면 점장이 그렇게 채근하던 길거리 판촉 행사를 할 짬이 날 것도 같았다. 나는 얼른 손수레를 꺼내 제품들을 옮겨 담고는 평소보다 두 배는 빠른 속도로 계단을 오르며 배달을 시작했다.

"요구르트 왔습니다! 어르신들 빨리 드세요."

"저 왔어요. 저요! 아시죠? 요구르트 얼른 챙겨 가세요."

내 목소리가 들리면 어르신들은 문을 빼꼼히 열고서는 인사를 건네기 시작했다.

"오늘도 왔네?"

"부지런허이."

"고마워. 잘 먹을게."

어떤 어르신은 뜨끈한 곰보빵을 건네주시기도 했다. 찜기에 데워 빵이 축축했지만, 따뜻하게 데워주시려는 어르신의 마음이 느껴져 그저 감사한 마음이었다. 빵을 입에 물고 다시 계단을 오르며 배달을 이어갔다. 요령이 생겨 능숙해지니 오후 3시가 되기 전에 배달이 거의 마무리됐다. 하지만 내겐 가장 큰 관문이 하나 남아 있었다. 나는 욕쟁이 할머니의 집 대문을 빤히 보고 섰다.

'설마 또 뒷산 오르자고 하시지는 않겠지? 설마?'

나는 나름 꾀를 부리기로 했다. 인사 대신에 얼른 제품을 봉투 안에 넣고 튀는 전략. 이게 유효하다면 길거리 판촉 행사를 할 시간을 벌 수 있었다. 잽싸게 제품을 넣고 뒤돌아 계단을 내려가려고 하는 순간, 우악스러운 힘이 내 뒷덜미를 붙잡았다. 돌아보지 않아도 알 수 있었다. 이 손의 주인이 누군지를. 유난히 더 커 보이는 할머니의 자태. 어깨에 멘 가방은 이미 빵빵했고, 다른 손에 물통 하나가 더 들려있었다.

"가긴 어딜 가? 잽싸게 토끼면 내가 모를 줄 알고? 내 사전에 봐주는 건 없어."

그러고는 다른 손에 든 물통을 내밀었다.

"이제 밥값은 해야지."

"밥값은 원래 한다고요! 제가 왜 물까지 길어야 해요? 왜요?"

"말대꾸나 바락바락하고 요즘 것들은….."

말싸움을 벌여봤자 내 손해였다. 논리가 통하지 않는 상태와 이야기를 이어가봤자 나만 기운 빠질 테니까. 더 이상 토 달지 말고 후딱 다녀오고 치우자는 마음으로 할머니 뒤를 따르기 시작했다.

처음에는 나를 좀 봐줬던 걸까? 할머니는 나보다 10미터는 더 앞서 걸으며 층계를 두세 개씩 한 번에 올라 속력을 냈다. 당황스럽기 그지없었다. 내 두 다리는 이미 돌덩이처럼 굳은 듯 아무런 감각을 느낄 수 없는 수준이었지만 할머니는 아무 관심도 없는 모양이었다. 나는 할머니 뒤에서 소심하게 주먹을 휘둘러 보이다 어르신이 뒤를 한번 힐긋 볼 때 걸릴 뻔하자 그 짓도 그만두었다. 그렇게 30분을 넘게 오르니 약수터로 이어지는 익숙한 갈림길이 보이기 시작했다. 나는 이제야 이 기이한 동행에 끝이 보인다는 생각으로 약수터 쪽으로 앞서 달려갔다. 그런데 갑자기 나를 불러세우는 한마디.

"거기 아냐. 성질이 그렇게 급해서야. 쯧쯧."

"여기 아니면 뭐요?"

나는 당황해 급히 물었다.

"오늘은 저 꼭대기까지 갈 거야."

"네?"

그러고는 더 이상의 설명도 없이 할머니는 앞서 걷기 시작했다. 아무리 동네 뒷산이라고 할지라도 더 이상의 등반은 엄두가 나지 않았다. 나는 울며 겨자 먹듯 네발로 기어가며 그 뒤를 따랐다. 정말이지 한순간도 쉬지 않고 똑같은 페이스를 유지하는 자태가 예사 노인이 아니었다. 나는 점점 욕쟁이 할머니의 정체가 궁금해지기 시작했다.

'보통 사람이 아니었을 거야. 젊었을 때 뭐 하시던 분이었을까? 사람들이랑 잘 못 어울리는 것 보면 사회생활을 잘했을 것 같지는 않은데…. 그냥 집안일만 하는 주부는 절대 아니다!에 내 손목을 건다.'

나는 온갖 상상을 했다. 앞치마를 두르고 센 불 앞에서 웍을 자유자재로 휘두르며 요리하는 모습, 오방색 한복을 입고 작두를 위에서 덩실거리는 모습, 누군가의 가방에 손을 넣어 잽싸게 물건을 빼가는 모습. 뭘 생각하든 평범한 모습은 떠오르지 않았다. 그러는 사이 나의 숨은 점점 거칠어졌고 그 탓인지 할머니는 딱 한 번 잠시 서서 쉼을 허락했다. 웬일인지 고맙다는 생각이 들면서도 왜 나한테 이런 짓을 시키는 건지 도무지 이해가 되지 않아 또다시 화가 치밀었다.

'뭐야, 병 주고 약 주고…. 내가 미쳐.'

꼭대기에 가까워질수록 곳곳에 암석이 많았다. 잘 다듬어진 등산로를 걸을 때보다 두어 배는 더 힘들었지만 거의 다 왔다는 생각에 나는 안간힘을 썼다.

마침내 우뚝 선 할머니의 옆에 서자 서울 전망이 한 눈에 들어왔다. 나는 들고 있던 물병을 툭 떨어뜨렸다. 입이 떡 벌어졌다. 천사마을 초입에서 봤던 모습보다 훨씬 더 근사했다. 저 멀리 인천까지 보이는 것 같은 착각마저 들었다. 탁 트인 전망에 감탄하고 있는데, 할머니는 이내 다시 발길을 재촉했다.

"왜 이렇게 서둘러서 내려가세요? 올라온 지 1분도 안 된 거 같은데."

"여기 놀러 왔냐? 물 길으러 가야지."

"할머니, 좀 사 드세요. 왜 맨날 힘들게 약수를 뜨러 다니세요? 관절에 안 좋아요."

"관절은 젊은 니가 나보다 더 안 좋은 것 같은데?"

"…."

그 말에 나는 어떤 반박도 할 수 없었다. 그렇게 거꾸로 길을 되짚어 약수터로 가 물을 세 통이나 가득 담았다. 두 개는 할머니가 들고 나머지 하나는 당연한 듯 내가 들어야 했다. 등산하는 것만으로도 이미 지쳐 아무것도 할 수 없는데 3리터짜리 물병까지 들고 하산해야 한다니…. 나는 그 앞에서 한숨을 푹 쉬며 볼멘소리를 내뱉었다.

"제가 노냐고요, 어르신. 저 너무 힘들어요. 이거 솔직히 하루에 다 드세요? 매일 길어간 몇 리터를 다?"

"운동하려고 오는 거야. 하루에 이 정도는 해줘야지, 뭔 말이 많아? 그 체력으로 뭘 해 먹겠어? 인생이 그렇게 만만한 줄 알아?"

여전히 팔팔한 할머니는 뒤처진 나를 내버려두고 홱 돌아서 내려갔고, 나는 붉으락푸르락한 얼굴로 그 뒤를 째려보며 간신히 따랐다.

"가져가."

"네?"

"이거 가져가라고."

"이걸 제가 어떻게 가져가요."

"가져가서 마셔. 이거 보약이야."

"보약이든 뭐든 제가 이걸 가져갈 힘이 없다니까요."

할머니는 내 말을 듣기도 전에 집 안으로 쏙 들어가 버렸다.

그리고 잠시 뒤 페트병 두 개를 가지고 나와 길어온 약수를 나눠 담더니 기어코 내 손수레 안에 넣어주었다.

"어른 말에 토 다는 건 어디서 배웠어?"

"제가 아무한테나 그러는 거 아니거든요? 하도 어이가 없어서 그런 거거든요?"

할머니와 더 말을 섞고 싶지 않아 페트병을 담은 무거운 손수레를 끌고 내려갔다. 단 한 번도 뒤돌아보지 않았다. 막무가내인 할머니가 진저리 나게 싫었다.

"이 개같은 천사마을 내가 뜨고야 만다!"

나는 마을 초입에 세워둔 콩콩이 앞에 서서 팸플릿을 꺼내 지나가는 어르신들께 돌리기 시작했다.

"근데 진짜 이런 거 배달되는 거 맞아?"

"뭐요?"

"홈페이지인가 뭔가에 들어가서 시키면 쌀이랑 과일 배달해준다는 거."

"네, 어르신 맞아요. 저희가 요구르트만 배달하는 게 아니라 뭐든 다 배달해드리거든요. 없는 게 없다니까요. 여기서 주문하시면 제가 가져다드려요."

"아니, 마침 딱 하나 있던 슈퍼가 없어져서 과일이랑 부식거리 사려면 저 밑에까지 내려가야 했거든."

"아, 그러세요? 근데 인터넷 사용하실 줄 아세요?"

"모르지."

"그럼 어르신, 제가 대신 주문해드릴 테니까 카드로 결제해주시거나 아니면 계좌로 입금해주실 수 있으세요? 현금도 가능해요. 제가 처리해드릴게요."

"진짜? 그렇게만 해주면 나야 땡큐지."

"네, 그럼 보시고 필요하신 거 문자 남겨주세요. 제가 내일 가져다드릴게요."

"그려. 고마워. 젊은 처자가 열심히 일하는 게 보기 좋아. 하나라도 더 팔아주고 싶네그래."

"그럼 다른 어르신 소개 많이 해주세요."

나는 웃으며 서비스로 요구르트 하나를 꺼내 빨대를 꽂아 드렸다. 이가 없는 쪼글쪼글한 입으로 빨대를 쪽쪽 빨며 손을 흔들어 보이시고는 팸플릿을 받아 가셨다.

그날 이후로 몇 건의 신규 계약을 했다. 같은 이유에서였다. 단 하나 있던 슈퍼가 문을 닫았고 마을 아래 마트에서는 배달을 꺼려 생필품 사기가 너무 어렵다는 것.

'일석이조네. 어르신도 돕고, 매출도 올리고! 추가 매출이니까 여기가 노다지가 될지도 모르겠어.'

꽃분이

"젊은 처자, 잠깐만."

오늘도 천사마을로 출근 도장을 찍었는데 어르신 한 분이 동네 초입에서 손을 흔들며 나를 부르면서 서둘러 내려오고 있었다. 나는 놀란 나머지 내려오지 말고 기다리시라고 소리쳤지만 어르신은 마음이 급한 모양이었다.

"무슨 일이신데 이렇게 급히 저를 찾으세요? 내려오지 마시고 거기서 기다리시래두."

나는 슬쩍 너스레를 떨며 할머니의 동태를 살폈다. 한쪽 눈을 제대로 뜨지 못하는 어르신은 내 팔을 강하게 붙들었다. 쪼

160 ⎯ 2부

글쯔글한 다른 한 손에는 종이가 한 장 들려 있었다.

"여기서 이런 거 물어볼 사람이 있어야 말이지."

"이게 뭔데요?"

할머니가 건넨 꼬깃한 종이를 받아 펴보니 복지관에서 나눠준 유인물이었다.

자서전 쓰기 수업.

어르신들의 인생사가 귀한 문학작품이 됩니다. 5주 동안 한 편의 글을 완성해보아요.

"어르신, 글쓰기 수업 들으셔요?"

"응. 이번에 숙제를 써서 내라는데, 내가 잘 썼는지 어쨌는지 잘 모르겠어서 젊은 사람이 한번 봐줬으면 해서."

"네, 봐 드릴게요."

나는 순순히 답을 하고는 할머니 뒤를 따르기 시작했다. 가파른 계단을 조금 오르니 파란색 낮은 지붕의 집이 하나 나왔고, 그 안으로 할머니가 먼저 쑥 들어가셨다. 나는 그 뒤를 조심조심 따라 들어갔다. 불을 켜도 여전히 침침한 방 한가운데에는 귀퉁이가 다 떨어져 나간 교자상이 하나 놓여 있었다. 그 위에는 몇 번이고 고친 흔적이 가득해 꼬깃한 종이 몇 장이 뒹굴고 있었다. 할머니는 그 앞에 앉아 내게 손짓을 했고, 나는 얼른 맞은편에 가 따라 앉았다.

"도통 모르겠어서 말이지. 그리고 이런 늙은이 인생사가 뭐 별다른 게 있다고. 평범하기 짝이 없는데 말이야."

나는 어르신이 건넨 종이를 들고 차분히 읽어내리기 시작했다. 읽기 어려울 줄 알았지만 그건 나의 오산이었다. 솔직하고 거침없게 써내려간, 기구하기 짝이 없는 한 여자의 인생이 거기 있었다. 스물이 채 안 된 나이에 결혼해 딸 셋 아들 하나를 낳았지만, 아들이 죽어 시댁의 구박과 눈치를 다 받아내야 했던 김소아귀 할머니의 삶. 울지 않으려 애썼지만 마구 흐르는 눈물을 주체할 수 없었다.

"어르신, 너무 죄송해요. 너무 잘 쓰셔서 제가 다 눈물이 나네요. 죄송합니다."

나는 결국 그 교자상에 엎드려 울고 말았다. 할머니의 쪼글쪼글한 손이 내 등을 연신 쓸어내렸다.

"괜찮아? 너무 이상하진 않고?"

"네, 잘 쓰셨어요. 정말 잘 쓰셨어요. 제가 감히 평가할 수가 없네요."

"말이라도 고맙네. 근데 우리 반에서 제일 잘 쓰는 노인네는 따로 있어."

"이것보다 잘 쓰신다고요?"

"그 맨 윗집에 사는 성질 고약한 할매. 그 할매 말이야, 어디서 글을 배운 건지 기똥차. 선생님이 보시고는 다들 돌려볼 수 있게 허락해달라고 노상 그러더니, 그 글을 우리한테도 읽어보라고 줬어."

"그 어르신이 글을 쓰신다고요? 그것도 잘 쓰신다고요?"

나는 어안이 벙벙했다. 할머니는 오래된 자개장을 뒤적이다 종이 뭉치를 꺼내 내게 건넸다. 나는 천천히 읽어 내려가기 시작했다.

다른 사람이 나를 어떻게 생각하든 상관없다. 나는 그냥 내 길을 갈 뿐이다. 애 둘을 낳고서도 난봉꾼 기질을 못 고친 남편을 내쫓을 때도 다들 나를 말렸다.

"그래도 애 아빠잖아."

하지만 나는 같은 동네에서 안면이 있는 두 여자랑 딴 집 살림을 번갈아 차린 그를 발로 걷어차 집에서 내쫓아버렸다. 그런 인간은 내 인생에 필요 없다. 그렇게 나는 60년대에 이혼녀라는 꼬리표를 달았다. 하지만 상관없었다. 잘못은 그 인간이 했지, 내가 한 것은 아니었으니까. 그때부터는 내 과거를 들여다볼 겨를 같은 건 없었다. 내게는 먹여 살릴 입이 둘이나 있었다. 모아놓은 재산도 없고, 위자료 같은 건 꿈도 못 꿨다. 나는 맨몸으로 거칠게 부딪히며 하루 벌어 하루 먹고살았다.

"손 큰 누이니 식당 해도 잘될 것 같은데."

하지만 가게를 차릴 돈이 있을 리가 없었다. 나는 대신에 식당 홀 서빙부터 시작해 주방 보조가 되었다가 주방장까지 맡았다.

"여기 김치찌개 1인분이랑 된장찌개 1인분이랑요. 제육볶음이랑 김밥 한 줄 그리고 떡볶이도 주세요."

다섯이서 들어와 각기 다른 메뉴를 시켜도 나는 금세 뚝딱 만들어냈다. 불 앞에서 무거운 웍을 휘두르며 갖은 고생을 해도, 가난과 배고픔에 비할 것은 아니었다. 그렇게 20년을 분식집의 주방에서 먹고 자며 입에 풀칠을 했다. 덕분에 아이들을 모자르지 않게 가르쳤고, 시집 장가도 보냈다. 하지만 그때부터 내가 저편으로 밀어둔 옛일이 귀신처럼 따라붙었다.

나는 여순경이었다. 수많은 동기와 함께 훈련을 받고 발령을 받았다. 거침없이 현장을 누비고 품행이 단정치 못한 이들을 단속하고 아녀자를 보호하고 노인을 지켰다. 내가 여자라고 얕보며 말을 안 듣던 주취자들도 내 손맛을 보면 꼼짝을 못했다. 내가 그 앞에 서서 뒷짐을 지면 불량배들은 내 눈치를 보기 바빴다.

언제였던가, 일부러 불을 지르고 마을 사람들이 정신 없이 대피

하는 틈을 타 아이들을 납치해 희롱하고 살해하던 일당이 있었다. 우연히 그 장면을 목격하고 그 무리를 악착같이 쫓아 결국 검거했다. 사건을 해결한 나는 순경에서 경장으로 진급해 경찰서 수사 부서에서 일하게 되었다. 하지만 무리하게 혼인을 추진한 부모 때문에 술독에 빠진 전남편과 식을 올리고 다시는 현장으로 돌아갈 수 없게 되어버렸다. 갓난쟁이를 업고 어르고 달래면서 바닥을 훔치다 보니 호랑이 같던 내 모습은 영영 잊고 말았다. 아니, 잊었다고 생각했다. 그렇게 나는 내가 내 인생에서 가장 자랑스럽게 여기던 그 3년의 세월을 가슴 속에 묻고 살았다. 그런데 자식을 다 키우고 나니 옛 기억이 스멀스멀 고개를 내밀었다. 하지만 바꿀 수 있는 건 아무것도 없었다.

오늘도 화장실 거울 앞에 섰다. 화장실이라 해 봤자 달동네 시멘트로 간신히 구획을 만들어놓은 뒷간이나 다름없다. 세면대도 없다. 쪼그려 앉아 세수하고 물때 얼룩으로 잘 보이지도 않는 작은 거울을 들여다봤다. 내일모레 아흔이라고 보이지는 않는, 그러나 초라한 할머니가 한 명 서 있다. 거침없이 범인을 쫓던, 동네 불량배를 훈계하던 당당하고 기운찬 순경은 어디에도 없다. 나는 방 안으로 들어갔다. 텔레비전을 켜고 이부자리를 개어 한쪽에 두었다. 그러고는 국방색 모포를 꺼내 바닥에 깔고서는 화투 한 세트를 꺼냈다. 나는 매일 이걸 혼자 펴 보면서 그날의

점괘를 본다. 그래 봐야 매일 같은 하루인데도. 그러다 보면 출출해 쌀을 안쳐 밥을 한 뒤 물을 말아 후루룩 마신다. 김치 하나, 단무지 쪼가리 하나 없는 밥상이지만 그래도 괜찮다. 그렇게 아침상을 물리고 나면 어김없이 시끄러운 처자 하나가 나타나 아침의 평화를 깬다.

"안녕하세요, 요구르트 왔어요! 얼기 전에 꼭 챙겨 드세요."

"안녕하세요, 어르신. 밤사이 잘 지내셨나요? 요구르트 두고 갑니다. 꼭 챙겨 드세요."

나는 그 발랄한 목소리에 이끌려 문 가까이 나선다. 천사마을에서도 가장 꼭대기에 있는 우리 집. 그러니 마지막 배달지는 바로 이 집일 것이다. 나는 때맞춰 나가 성질을 있는 대로 부리고는 요구르트를 챙겨 안으로 들어간다. 그 처자가 아니면 나를 찾아올 사람은 없다. 누구와 얼굴을 맞대고 이러쿵저러쿵할 일도 없다. 스스로 혼자가 되었으나, 그래도 가끔은 나의 일상에 균열을 내어 파고드는 존재가 반갑다. 그렇게 요구르트를 한입에 털어 넣고서는 뚜껑을 들이다가 문을 살짝 열어 밖을 내다본다. 빈 손수레를 들고 계단을 내려가는 처자의 걸음이 가벼워 보이지만은 않는다. 매일 같이 이 높은 지대를 저리 오르내리다가는 병이 나지 않을까 싶은 생각이 들었다.

'부실한 하체로 저러고 다니다 골병든다.'

나는 그런 처자를 훈련시키기로 마음먹었다.

점심을 먹고 난 뒤에는 뒷산 약수터로 향한다. 커다란 배낭에는 3리터짜리 물병을 두 개를 넣고 한 손에도 3리터짜리 물병을 하나 든다. 그러고는 10킬로미터가 넘는 거리를 꾸준히 오간다. 물론 약수터에서 만난 사람들과는 통성명은커녕 인사도 나누지 않는다. 내가 근처만 가도 할매들은 힐끗힐끗 나를 쳐다보며 수군거리고 할배들은 운동을 하다 말고 자리를 뜬다. 그래도 상관없다. 그렇게 총 1시간 반 정도의 운동 겸 물 뜨기 나들이를 마치며 집으로 가 낮잠을 청한다.

저녁은 라면이다. 변하지 않는 메뉴. 마을을 후원하는 복지 단체에서 나눠주었다. 냄비에 불을 올리고 물이 끓으면 라면을 반으로 부숴 넣고 끓인다. 푹 익힌 뒤 죽처럼 먹는 것이 내 입맛에 가장 잘 맞는다. 대충 설거지를 한 뒤에는 누워 밤새 텔레비전을 켜 놓은 채로 뒤척이다가 화면 조정 시간이 오면 끈다. 산을 올라 좋은 한 가지는 잠이 잘 온다는 점이다. 그렇게 하루가 끝이 난다. 꿈속에서 나는 여전히 팔팔한 이팔청춘이다.

나도 모르게 입을 틀어막았다. 그 성질 못된 할머니에게 이런 사연이 있었다니. 혼란스러웠다.

"어르신…. 이거 진짜 그 할머니가 쓰신 글 맞죠?"

"응. 못 배운 내가 봐도 잘 썼어. 그치가 성격은 아주 괄괄한데 글은 차분하니 잘 썼더만."

나는 더는 할 말을 찾지 못하고는 한참을 그대로 서 있었다.

구급차보다 빠른 콩콩이

"그 얘기 들었어?"

"네? 무슨 이야기요?"

"북계동 형님 그만둔대."

"네? 왜요?"

"그게….'"

동계동 여사님이 내 팔을 끌더니 구석진 곳으로 데려가 조심스럽게 입을 뗐다.

"실적 때문에."

"실적이 왜요? 거기 괜찮지 않아요?"

"그게… 북계동 형님이랑 입주자 대표랑 한판 했대. 그래 가지고 그 동네 계약이 싸그리 끊겼나 보더라고. 신규 계약은 아예 없고."

"네? 정말요? 아이고…."

"근데 그게 문제가 아니라, 보통 그런 일 있으면 점장이 카바 쳐주잖아. 근데 그걸로 지랄지랄 난리난리도 아니었다더라고. 그래서 북계동 형님은 그대로 잠수타고, 점장은 계약 해지하겠다고 했대."

"…저는 하나도 몰랐어요."

"그렇겠지. 자기 일만으로도 엄청 고생하잖아. 천사마을 다니느라 힘들지?"

"…좀 힘에 부치기는 해요. 어르신들이랑 정 들어서 좋긴 한데, 워낙 높은 데 있어가지고 동네 오르내리다 보면 하루가 다 가요. 그런데 점장님은 판촉 행사까지 하라고 성화시니…. 쉽지 않더라고요."

이야기를 하다 보니 절로 울상이 지어졌다. 그러자 동계동 여사님은 내 어깨를 톡톡 두드리며 주먹을 불끈 쥐어 보였다.

"그래도 우리 복덩이는 절대 그만두면 안 돼. 알았지? 힘내자고."

나 역시 주먹을 불끈 쥐어 올려 보이고는 뒤돌아 창고로 가

일을 시작했다.

'오늘도 요구르트 50개. 위 건강 음료 두 개. 큰일 났네.'

복지 협약으로 배달해야 하는 건수는 일정하지만 단가가 너무 낮았다. 이 일은 수수료로 먹고사는지라 슬슬 실적에 대한 걱정이 앞서기 시작했다. 점장을 요리조리 피해 다니고는 있지만 언제 불러 세워져 한바탕 설교를 들어야 할지 모를 일이었다. 뒤를 살짝 돌아보니 오늘 점장의 타깃은 서계동 여사님인 듯했다. 여사님의 표정이 좋지 않았다. 나는 애써 모른 체하고는 얼른 제품을 챙겨 대리점을 나섰다. 혹시나 불똥이 내게 튀기전에.

마을 초입에는 콩콩이를 세워두는 나만의 주차 공간이 생겼다. 매일 여기 세워두다 보니 내 전용 주차 공간이 되었다. 큰 나무와 벤치가 있는 널따란 공터. 나는 손수레를 얼른 꺼내서 제품을 꺼내 담았다. 콩콩이의 문을 탁 소리 나게 닫고서는 콩콩이를 살살 문질러주며 나만의 의식을 거행했다.

'잘 부탁한다. 오늘도!'

이렇게 하면 콩콩이가 내 말을 듣고는 무탈히 하루 일을 마칠 수 있게 힘을 내주는 것 같아 인사를 하루도 거르지 않는다. 인사를 간단히 마치고는 오늘도 어김없이 미친 듯한 오르막을 오르기 시작했다.

요 몇 주 사이 힘이 좀 붙은 건지 아니면 길이 든 건지 코어에 힘이 들어가면서 걷거나 달리는 게 한결 편안해졌다. 처음에는 너무 힘들어서 파스를 달고 살았지만, 요즘은 굳이 붙이지 않아도 괜찮게 되었다. 역시 사람이 죽으란 법은 없구나….

배달을 시작하자마자 지레 겁이 나는 건 역시 마지막 집 할머니 생각 때문이다. 그냥 인사를 하지 말까? 뒷산 따라가기 정말 싫은데…. 나는 할머니를 피할 잔꾀를 내려고 머리를 이리저리 굴려 보았지만 아무리 그래도 인사도 않고 쌩하니 도망친다는 게 마음에 영 걸렸다. 게다가 이미 할머니의 속내를 알아버렸으니 더더욱 마음이 좋지 않았다.

"안녕하세요, 요구르트 왔습니다. 어르신, 얼른 꺼내 드세요!"

"안녕하세요, 어르신! 요구르트 배달 왔어요. 얼른 드세요."

"안녕하세요! 요구르트 배달 왔습니다. 얼른 드세요."

"안녕하세요! 어머! 아이고, 안녕하시죠? 이거 얼른 쭉 들이켜세요."

어느 순간부터는 내가 배달을 하며 인사를 하면 문이 자주 열렸다. 나는 굳이 문을 열어 인사를 하는 어르신들의 얼굴을 보면서 손녀처럼 살갑게 굴려고 애를 썼다. 내 얼굴을 보면 미소

가 번지는 어르신들의 쪼글쪼글한 얼굴이 보기 좋았기 때문이
다. 그게 마냥 좋았다. 내 쭈글쭈글한 마음까지도 쫙 펴지는 기
분이었다.

어느덧 마지막 한 집만 남았다. 머뭇거리며 인사를 크게 할지
작게 할지, 아예 하지 말지 망설이고 있는데 문이 먼저 벌컥 열
렸다.

"아니, 어르신. 제가 오는 걸 알고 계시기라고 한 것처럼…. 호
호호. 저 기다리신 건 아니시죠?"

나는 어색하게 웃으며 인사를 건넸다. 이미 욕쟁이 할머니는
뒷산에 약수를 길으러 갈 준비를 다 마친 모양이었다. 불룩한
배낭, 한 손에 들린 3리터짜리 물병. 나는 속으로 한숨을 내쉬
었다.

'오늘도 당첨이네. 당첨.'

나는 할머니를 따라 군말 없이 뒷산을 오르기 시작했다.

"그렇게 구부정하게 걸으면 안 되지! 어? 허리를 쭉 펴야지,
허리가 나보다 굽으면 어떡해!"

오늘따라 할머니는 잔소리가 좀 더 많았다. 나는 그 소리에
억지로 몸을 펴 보였다. 하지만 여전히 내 자세가 마음에 영 들
지 않는지 내 뒤로 와 손수 등을 쳐주었다. 나는 그 손길을 피
하려고 몸을 뒤틀어 보았지만 소용없었다.

오늘의 산행은 더딘 감이 있었다. 중간중간 서서 쉬었다가 욕을 먹고, 다시 몸이 구부정하다며 욕을 먹은 탓이었다. 안 그래도 산행이 힘든데 욕까지 먹어가며 가려니 더더욱 기운이 나지를 않았다. 그러는 와중에 우리의 목적지인 약수터에 도착했다. 오늘은 웬일인지 사람이 별로 없었다. 어깨 풀기 운동을 하는 어르신 두어 명이 전부였다. 그중 스카프까지 야무지게 두른 할아버지가 우리 쪽으로 다가왔다.

"아이고, 수고가 많네."

그러면서 내 손에는 커피맛 과자를 들려주고 할머니에게는 초콜릿을 손바닥 위에 놓아주었다.

"쉬엄쉬엄하지. 나는 김가 신철이여. 김신철."

할머니에게 통성명하자며 할아버지는 악수를 청했다. 하지만 욕쟁이 할머니는 만만치 않았다. 그 손을 다른 손으로 짝 소리 나게 치며 치우라고 했다. 당황한 할아버지는 어찌할 줄 몰라 했다. 그러자 할머니는 목청을 높여 으름장을 놓았다.

"이 미친 하라방구야, 얼른 썩 안 꺼져? 어디서 수작질이야!"

그러고는 내 손에 들린 커피맛 과자를 빼앗아 바닥에 내던지고는 바로 발로 비벼 부수었다. 당신 손에 들린 초콜릿도 함께 패대기를 쳤다. 나는 너무 놀라 그대로 할머니를 빤히 쳐다보았다.

"저거 상습범이야. 내가 한두 번 봐? 반반하게 생긴 할머니들한테 먹을 거 주면서 엉겨 붙는 거 본 게 한두 번이 아니야. 아주 드러운 구석이 있어."

"어르신, 그러면 어르신도 좋게 보셨다는 뜻 아니에요? 이렇게까지 하실 필요가 있는지…."

남의 호의를 악의로 받아들이는 모습에 나는 혀를 내둘렀다.

'이 할머니 단단히 꼬였네.'

욕쟁이 할머니는 내 말에는 아랑곳하지 않고 들고 온 빈 통에 약수를 잔뜩 받아서는 먼저 아래로 내려가기 시작했다. 나는 그 뒤를 묵묵히 따랐다.

절반 정도 내려갔을까? 욕쟁이 할머니가 앞으로 고꾸라졌다. 갑자기 발이 꼬인 모양이었다. 뒤따르던 나는 깜짝 놀라 손을 뻗어보려 했지만 할머니의 몸은 이미 바닥을 구르고 있었다.

"할머니! 괜찮으세요?"

"아으…. 괜찮아 보여? 괜찮겠어?"

아픈 와중에도 끝까지 심통을 부리는 모습이 얄미웠지만, 걱정이 앞섰다. 나이가 있는 어르신은 조금만 다쳐도 쉽게 낫지 않아 큰 병으로 이어질 수 있다는 걸 알기 때문이었다. 나는 할머니에게 얼른 다가가 다친 데는 없는지 이곳저곳 확인했다.

"아이고…. 옛날에는 이 정도에는 끄떡도 없었는데…."

할머니는 발목 부위를 손으로 감싸 쥔 채 일어나지 못했다.

나는 할머니의 두 손을 떼고 다친 부위를 살펴보았다. 발목이 퉁퉁 부어 있었다. 아무래도 심하게 접질린 듯했다.

"할머니! 걸으실 수 있겠어요?"

"걷겠냐? 너 같으면 걸을 수 있겠냐?"

할머니는 여전히 일어나질 못했다. 머릿속이 갑자기 하얘졌다.

'어쩌지…'

지금 우리가 있는 곳은 천사마을에서 더 높은 위치에 자리한 뒷산이었다. 내가 업고 내려가는 건 언감생심이고, 119를 부른 다고 하더라도 쉽게 올라올 수 없을 터였다. 구급차는 이미 마을 초입부터 들어설 수 없을 테니까.

"그러고 있지 말고 부축이나 해 줘."

"괜찮으시겠어요?"

"안 괜찮으면 어쩌려고?"

성질 부릴 기운은 있으신 거 보니까 그나마 다행이다 싶었다. 나는 일단 할머니를 부축해 하산하기로 했다.

"할머니, 물병 다 버리세요."

"이걸 어떻게 다 버려? 이거 약수라고. 생명수라고!"

"지금 그게 문제예요? 이거 들고는 못 내려가. 난 못 가. 못 가요, 못 가! 혼자서 다 들고 가시든지."

나도 할머니의 심술을 따라 하기 시작했다. 막무가내인 할머니 고집을 꺾으려면 이편이 최선일 듯했다. 결국 할머니는 배낭과 손에 들고 있던 물통을 순순히 내놓았고 나는 여차하면 다시 찾아갈 수 있게 나무 아래에 두고서는 큰 돌 두 개를 놓아두었다. 그러고는 할머니의 팔짱을 끼고는 부축하며 한 발씩 걸어 내려갔다. 단단하고 두터워만 보이던 몸도 가까이서 보니 영락없는 노인의 것이었다. 할머니를 부축해 걷는 것도 잠시, 이런 식으로 내려가다가는 두어 시간은 더 걸릴 듯해 나는 결단을 내렸다.

"할머니, 업혀!"

"누가 누굴 업어?"

"업혀요, 빨리!"

빈손이니 아흔인 어르신을 업는 게 불가능할 것 같지 않았다. 힘들다고 해도 오늘 안에 내려가려면 해내야 할 일이었다. 나는 할머니를 그렇게 반강제로 업고서는 산에서 내려가기 시작했다. 여러 겹 껴입은 옷 안에 땀이 줄줄 흘러내렸다. 무슨 일인지 할머니는 별말 없이 업혀 있었다. 이 상황에서 이러쿵저러쿵 할머니의 심통까지 부린다면 견딜 수 없을 거였다. 그렇게 1시간 만에 우리는 산에서 내려와 할머니 집 앞에 당도할 수 있었다.

"할머니, 일단 안에 들어가 앉아계셔. 곧 다시 나갈 거야."

"어딜 간다는 거야?"

"병원에 가야지!"

"병원에 왜 가!"

"다친 데 없나 확인해야지."

"다친 데 없어. 괜찮아. 저기 파스나 갖다주고 가."

"파스로 될 일이 아니야. 내가 알아. 안에가 다쳤을 거라고요. 인대 쪽이 위험하다고요."

자주 발을 접질려 깁스를 하는 나는 할머니가 넘어지는 꼴을 보고 분명 인대가 늘어났을 거라고 확신했다. 파스 정도로는 어림도 없을 것이었다. 나는 파스나 가져다주라는 할머니의 고함을 뒤로하고 콩콩이가 주차된 곳으로 미친 듯이 달리고 또 달렸다. 그리고 콩콩이를 몰아 꾸역꾸역 경사로를 올랐고, 할머니 집 앞에 도착했다.

"할머니, 나와. 나오셔요."

나는 억지로 욕쟁이 할머니를 끌고 나와 계단 밑으로 데리고 갔다.

"이거 타셔."

"이걸 내가 어떻게 타?"

"그냥 올라타시면 움직여. 대신에 잘 잡으셔. 알았지? 내리막 길에서는 위험할 거야."

그러고는 할머니를 콩콩이 위에 앉히고는 저속 주행으로 움직이기 시작했다. 할머니를 태운 콩콩이는 내리막길을 천천히 내려갔다. 그렇게 큰 길가까지 무사히 내려가 택시를 잡아 탔다.

"큰 병원 안 가도 돼. 동네 정형외과에다 데려다줘."

"혹시 모르잖아. 수술해야 할 수도 있다고."

"헛돈 쓰기 싫어."

"써도 할머니가 안 써. 걱정 마."

"그럼 누가 내는데?"

"보호자 부를 거야."

"…."

"할머니 휴대폰 이리 줘. 내가 연락할게."

"…."

"할머니 아드님 계시잖아. 나 다 들었어."

"…."

"이리 주세요. 이리 줘."

택시 안에서 나는 할머니에게서 휴대전화를 뺏으러 안간힘을 썼지만, 할머니는 순순히 내놓질 않았다. 계속된 실랑이에 운전하던 기사님까지도 뒤를 돌아 우리를 말렸다.

"얼른 주세요, 어르신."

"아들 없어."

"네?"

"아들 없다고."

"계시잖아요."

"내 아들인데 내가 알지, 니가 알아?"

"거봐요. 아드님 있다고 하시잖아요."

"연락 안 돼."

"연락이 왜 안 돼요."

"연락하는 거 싫어해⋯."

할머니는 어쩐지 기운이 빠진 듯했다. 나는 할머니의 휴대전화를 낚아채 단축번호를 눌렀다. 그러자 0번에 저장된 아들에게 연결되었다. 전화 저편에서는 냉랭한 목소리가 들려왔다.

"⋯왜?"

"저, 혹시 김꽃분 할머니 아드님이세요? 저는, 그러니까⋯ 동네에서 요구르트 배달하는 사람인데요. 할머니께서 다치셔서 지금 큰 병원 가는 중이에요. 연락드려야 할 것 같아서요."

"연락하지 마세요. 우리 어머니 아니니까."

그렇게 전화는 뚝 끊겼다. 나는 당황해 다시 통화 버튼을 눌러보았으나 연결되지 않았다. 할머니는 결국 내 손에 들린 휴대전화를 빼앗아 주머니에 넣으며 소리쳤다.

"그러게, 허튼짓하지 말라니까!"

고함을 치는 목소리에는 울음기가 섞여 있었다. 결국 우리는 큰 병원 대신 동네 정형외과로 향했다. 불행히도 내 예상이 맞았다. 할머니의 인대는 늘어났고 당분간은 꼼짝도 하지 못하고 집에만 있게 되었다.

우주에서 가장 빠른 여울배송

'할머니 밥은 어쩌지?'

그날 밤 나는 잠들기 전까지 온통 할머니 생각에 뒤척였다. 인대가 늘어나도 일상생활을 무리 없는 수준에서 할 수 있는 건 젊은이에게만 해당되는 이야기일 뿐, 노인들에게는 그렇지 못하다는 걸 잘 알고 있으니까. 그걸 알게 된 건 어릴 적 함께 살았던 외할머니 때문이었다. 방앗간을 하시며 365일을 매일 12시간씩 꼬박 일하시다가 손목 인대가 늘어나셨는데, 그 상태로 방치하다 병을 키워 결국 물컵은 물론 숟가락조차 들지 못하게 되시는 바람에 병시중을 내가 들었다. 그 일 이후로 노인

들에게는 조그마한 상처도 제때 제대로 치료하지 않으면 큰 병
으로 번질 수 있다는 걸 배워서, 욕쟁이 할머니가 마냥 걱정되
었다.

나는 혼자 산 지 오래 되었지만, 음식 한번을 제대로 해본 적
이 없다. 제일 잘하는 건 라면 끓이기라 내가 도움이 될 리가 없
었다. 그렇다고 할머니가 매끼 배달 음식을 시켜 먹을리도 없으
니…. 밤새 뒤척이며 이런저런 생각을 해봐도 딱히 묘안이 떠오
르지 않았다.

그러다가 그렇게 점장이 홍보하라던 웹사이트가 생각났다.
사실 이런 걸 하면 누가 사 먹겠냐 싶었다. 로켓배송이 온 동네
방네 안 가는 곳이 없는데 이런 적은 품목을 가지고 온라인 소
매 사이트를 이용할 리가 없으니까. 하지만 천사마을에서는 메
리트가 있었다. 전날 밤까지 들어온 주문을 가지고 새벽부터
내가 움직여 직접 배송을 하니까. 아무도 배송하지 않는 도시
속 섬과 같은 동네에 유일하게 드나드는 배송 인력이라니, 그게
바로 나라니. 안심되었다.

"맞아! 그거야!"

나는 아침 일찍 설레는 마음으로 서비스 물품을 가득 채워
천사마을로 출발했다. 그런 내 모습이 이상했는지 점장이 한소
리도 한소리 했다.

"뭔 일이래? 맨날 인상 구기고 다니더니."

대꾸할 생각도 들지 않았다.

"안녕하세요! 배달 왔어요. 어르신, 식사는 하셨어요?"

"응, 그래. 우리 처자가 이렇게 맨날 신경 써주는데 꼬박꼬박 밥도 잘 먹고 그래야지."

"안녕하세요, 요구르트 배달 왔습니다. 얼른 가지고 들어가세요."

"응, 고마워요. 거기다 둬요."

"요구르트 왔어요. 어르신, 일찍부터 차려입고 어디 가셔요?"

"나 오늘 병원 가는 날이라 일찍 나섰지. 요새는 새벽같이 일찍 가도 오후에나 진료를 겨우 받아. 젊은 사람들이 어풀인가 뭐시기로 줄을 미리 선대요. 그러니까 더 빨리 가야 해."

"어, 어르신 그럼 제가 한번 도와드려도 될까요? 스마트폰 있으세요? 제가 대신 깔아드리고 예약도 해드릴게요."

"정말?"

할아버지는 얇은 점퍼 안에 주머니 깊숙이 넣어두었던 휴대전화를 꺼내 내게 건넸다. 나는 그걸 받아 들고는 일단 앱스토어 업데이트를 한 뒤 '어닥'이라는 앱을 내려받았다. 그러고는 지역을 설정하고 할아버지가 원하시는 병원을 선택해 가장 이른 시간으로 진료를 예약했다. 그리고 그 과정을 혹시 잊으실까 싶어 화면 녹화 기능으로 저장까지 해두었다. 이렇게 하면 당분간은 서둘러 나서실 일은 없을 것이다. 나는 설명을 마치고는 휴대전화를 다시 건네며 웃었다.

"너무 고마워. 진짜 내가 너무 고마워. 그것도 모르고 맨날 9시 전에 갔는데도 자리가 하나도 없다길래 왜 그런가 했지. 이유도 안 말해줘서 다른 사람들한테 물어물어 간신히 안 거야. 우리 같은 늙은이들은 어떻게 살라고…. 고마워요. 진짜."

할아버지는 내 양손을 잡고 흔들며 몇 번이며 울먹거렸다. 나도 눈물이 나려는 걸 꾹 참고 겨우 웃어 보였다. 이제 웬만한 건 앱으로 하는데, 아무것도 모르고 이렇게 마냥 기다리는 어르신들이 얼마나 많을까. 나는 고개를 절레절레 흔들며 착잡한 마음을 뒤로하고 배달을 다시 시작했다.

천사마을 경사로를 오르다보니 단단하게 하체 근육이 생겨 이제 꼭대기까지 올라도 그렇게 힘들지 않았다. 천사마을을 맡은 지 장장 3개월만의 일이었다.

"할머니, 할머니! 계시죠? 듣고 계신 거 저 다 알아요. 문 열어주실 수 있으세요?"

할머니를 목청껏 부르자 낮은 목소리로 답이 돌아왔다.

"문 옆에 화분."

그 말을 듣고서는 문 옆에 놓인 작은 화분을 들어보니 열쇠가 있었다.

나는 문을 열고 집 안으로 들어섰다. 방 안은 어두컴컴했다. 그러고 보니 어제 모셔다드리고 방 불을 켜고 간다는 것을 깜빡했다. 일어나질 못하는 할머니의 손이 스위치까지 닿지 않은 게 분명했다.

"할머니, 죄송해요. 제가 어제 불 켜고 간다는 걸 깜빡했어. 밤새 컴컴해서 어떻게 하셨어요…. 화장실은 다녀오셨어요?"

나는 스위치를 올려 방을 밝히고는 할머니가 누웠던 자리를 살피기 시작했다. 바닥이 얼음장 같았다. 봄이기는 해도 아직 꽃샘추위가 기승을 부리는 데다가 낮과 밤의 온도 차가 심했다. 나는 얼른 이불장에서 두꺼운 이불과 요를 하나씩 더 꺼내서 할머니가 누운 자리 위로 덮어드렸다.

"이럼 무거워!"

할머니는 목이 눌린다고 캑캑대는 시늉을 했다. 나는 눈을 흘기면서 목 아래로 이불을 끌어 내렸다.

"할머니, 전기장판 꼭 틀고 계셔요. 너무 뜨거워도 안 좋다지만 아직 춥잖아. 그렇지?"

"어디서 어린애 취급이야? 니 앞가림이나 잘하라고."

할머니는 툴툴거리면서 장판의 온도를 올렸다.

"식사는 하셨어?"

"몸도 못 움직이는데 먹기는 뭘 먹어."

"그럼 일단 제가 가져온 거 드셔보세요. 제가 요리는 잘 못 해서 도시락 일단 사 와봤어요. 전자레인지 있죠?"

"전자레인지가 어딨어? 그런 거 없어."

"흠…. 그럼 물을 끓여서 수증기로라도 좀 데워야겠네. 불 좀 쓸게요."

"그러다 불나. 조심히 써."

나는 물을 반 정도 담은 냄비를 불 위에 올리고 뚜껑을 덮었다. 그리고 그 위에 도시락을 올렸다. 물이 끓으며 뚜껑에도 점점 열이 올랐고, 이내 도시락도 먹을 만하게 따뜻해졌다. 나는 얼른 상을 차리고는 할머니의 몸을 일으켰다.

"이거 드셔보세요. 그리고 기운 없다고 너무 누워만 계시지 말고 좀 앉아 계세요. "

내 잔소리에 할머니는 내게 눈을 흘기며 말했다.

"내가 알아서 한다니까. 이런 거 왜 가지고 오고 그래."

그러면서도 할머니는 부지런히 젓가락질해 도시락을 살뜰히 비웠다. 그 모습을 지켜보고 있자니 마음이 괜스레 간지러웠다.

"할머니, 있잖아요. 발 다 나으실 때까지 제가 필요한 거 가져다드릴 테니까 이거 보시고 주문해주세요. 근데 설명서 보셔도 모르시겠죠? 제가 앱 설치해드리고 회원가입까지 싹 다 해드리고 녹화까지 해놓을 테니까 보시고 따라 해보세요. 우리 할머니 엘리트라 잘하실 거야."

나는 억지로 할머니 휴대전화를 뺏어 앱을 내려받은 뒤 회원가입을 하고 몇 가지 품목을 장바구니에 담았다.

"할머니, 이렇게 필요한 물건을 누르면 장바구니에 담기거든요? 그럼 주문을 누르시면 돼요. 결제는 하실 필요 없어요. 할머니 다 나으실 때까지 제가 서비스하는 거니깐요."

나는 눈을 찡긋해 보였다.

"징그럽다 안카나!"

하지만 할머니는 만만치 않았다. 역시 난공불락의 요새였다.

나는 할머니의 집을 나서기 전 꼼꼼하게 방을 둘러보았다. 어제와 같은 실수를 반복하지 않기 위해서. 할머니의 집 대문을 나서며 이제 당분간은 등산길에 오르지 않아도 된다고 생각하니 어쩐지 웃음이 나왔다.

"어르신들, 이거 보고 가세요. 전날 주문하시면 다음 날 아침에 배송받으실 수 있는 서비스예요. 알아들으시기 쉽게 설명해드릴게요. 여기 딱 하나 있던 슈퍼가 없어져서 지금까지는 저 아래까지 내려가셔서 장을 봐 오셨잖아요. 그럼 어때요? 다리

아프고 허리 아프고 힘드셨죠? 그래서 이제 편리하게 스마트폰으로 주문하고 제가 직접 배송해 드리는 사이트가 있어서 알려드리는 거예요. 저 믿으시죠? 아니, 저희 회사 믿으시죠? 사기 아닙니다."

나는 전단을 들고 할머니 할아버지 쉼터까지 올라와 밀착 마크를 하며 영업을 하기 시작했다. 앱을 깔고 회원가입만 하셔도 무료로 요거트와 라면을 나눠드린다고 하니 시큰둥하던 어르신들이 하나둘 휴대전화를 꺼내 따라 하기 시작했다.

"자, 이제 보세요! 요기 첫 화면에 무슨 서류 가방 벌어진 거 같이 생긴 아이콘 있죠? 이거 누르시고 '신선꾸러미'라고 입력하세요. 그러면 이렇게 이름이 떠요. 그걸 누르시면 바로 다운로드가 될 거예요. 안 되시는 분은 업데이트를 먼저 하고 해야 하니까 제게 말씀해주세요! 설치되기까지 한 1분 걸리니까 기다리고 계실게요. 그리고 앱을 연 다음에 제일 먼저 보이는 화면에서 회원가입을 누르세요. 이름이랑 휴대폰 번호를 입력하면 인증 번호를 받으라고 나올 거거든요? 그 버튼을 누르면 인증 번호가 문자로 올 거예요. 그걸 입력하세요. 내 주소까지 넣으면 가입 완료! 담당 직원 번호도 하나 가니까 혹시 배송이 안 되거나 하면 연락주세요. 이제 여기 목록에서 필요하신 물품을 눌러 장바구니에 담고 결제하면 끝나요! 설명 들으시고도 주문하시기 어렵거나 결제가 안 되시면 직접 만나서 하셔도 돼요. 제가 도와드릴게요. 아니면 그냥 저한테 화면 보고 품목 말씀 해주시거나 캡처해서 보내주셔도 됩니다. 제가 챙겨 올게요. 아 셨죠? 저 말고 다른 사람이 이상한 거 하라고 하면 하지 마시고 요. 사기일 수 있으니까요. 저는 아닙니다. 저는 그냥 회사 직원 이에요. 이거 한다고 제가 다 가져가지 않고요. 저는 배송 수수 료만 받아요. 정직하게 살겠습니다!"

마지막 어르신까지 모두 도와드리고 나니 기운이 쏙 빠졌다. 쉽게 한다고 한 설명이지만 아무래도 어르신들은 앱을 이용하 는 것 자체를 어려워하시고, 낯설어하시니 애를 먹었다. 가져간 설명서는 아무런 도움이 되지 않았다. 어르신들은 작은 글자를 읽는 것조차 힘들어하셨고, 실제로 웹사이트 기반으로 운영되 는 게 아니라 앱으로 운영되다 보니 설명서에 적혀 있는 사이트 는 쓸모가 없었다. 결국, 결제하려면 앱을 사용해야 하니까. 나 는 그렇게 입에서 단내가 날 때까지 설명을 떠들고 나서야 집으 로 돌아올 수 있었다. 약수를 길으러 산을 오를 때보다 더 큰 피곤함이 몰려왔다.

지잉. 지잉.

꿀 같은 단잠을 자는데 진동 소리가 자꾸만 거슬려 간신히 눈을 떴다. 열 통이 넘는 앱 푸시 알림과 문자가 와 있었다. 모두 전날 설명한 배송 건이었다.

어제 해보니까 마지막에 잘 안 돼서 직접 결제로 했어요. 잘 가져다줘요. 104-1.

배달지정. 318-21번길.

배달지정. 329-10번길.

배달지정. 335-11번길.

그리고 마지막에 온 문자를 보고서는 잠이 확 깨버렸다.

배달 올 때 나 진라면 매운맛이랑 햇반 다섯 개만. 돈은 내가 직접 줌. 맨 끝집 할머니.

욕쟁이 할머니에게서 온 첫 주문을 보고 너무 감격스러웠다. 이 정도면 쇼핑 앱 품목에는 없어도, 직접 사다 주는 데 문제없지! 나는 잔뜩 신이 나 예스를 외치며 이불을 걷어차고 일어나 팔을 막 휘둘렀다.

아직 출근 시간까지 여유가 있었지만 얼른 채비를 하고 집을 나서기로 했다. 이제는 입을 필요 없는 방한복은 내버려두고 형광 연두색 상하의를 맞춰 입고 가벼운 운동화를 신었다. 날 듯이 나선 출근길에 근처 편의점에 들러 별도로 주문받은 물건들을 샀다. 대리점에 들어서니 점장은 이상하다는 듯이 나를 쳐다봤다.

"주문 들어왔더라? 놀고 다니지는 않나 보네."

나는 그 말에 대꾸도 하지 않고 여전히 싱글벙글한 표정으로 제품을 콩콩이에 실었다.

당신의 동료를 찾아줄게요

배달지정. 318-14번길.

배달지정. 329-09번길.

배달지정. 335-17번길.

오늘도 아침 댓바람부터 들이닥친 문자와 앱 푸시 알람에 눈을 번쩍 떴다. 나의 배송을 눈 빠지게 기다리는 고객님들의 연락이 빗발쳤다. 한 건 두 건 늘어나던 생필품 배송은 어느새 30건을 돌파했다. 평지에서의 주문이라면 30분 안에도 마칠 수 있겠지만 천사마을에서는 두세 배가 넘는 시간이 필요해 감사하면서도 한숨이 절로 나왔다. 다만 점장에게는 무척 고무적인 소식인 모양이었다. 어느 날부턴가 나를 보는 눈빛이 달라졌고 반말과 존댓말 사이를 어정쩡하게 오간다는 게 그 증거다. 게다가 예전이라면 내가 대리점에 들어서자마자 알은체도 않거나 퉁명스럽게 한마디 쏘아붙였을 사람이 이제는 다정하게 인사를 건넨다.

"아이고, 어르신들이 또 주문하셨나 봐? 물건 얼른 가져가요. 내가 도와줄까요? 힘든 데는 없고?"

대리점 화이트보드에 그려진 그래프 최상단에는 내 이름이 적혀 있다. 그걸 볼 때마다 뿌듯한 마음에 절로 미소가 지어졌지만, 그와 별개로 내 몸이 축나는 것 또한 분명히 느낄 수 있었다. 배달 건수가 늘수록 내게 입 밖으로 소리 내어 혼잣말을 하는 버릇이 생겼다.

"할 수 있어. 더 한 것도 한 나잖아. 이러면서 크는 거야."

"요즘 장사 잘 돼간다면서?"

저 멀리서 나를 보고 손을 흔들며 반색하는 서계동 여사님이 한 손에는 삶은 달걀을 들고 물었다.

"네, 그냥 뭐….."

나는 이전처럼 살갑게 구는 대신 거리를 좀 두며 어색한 미소를 지어 보였다. 내가 얼버무리자 동계동 여사님이 다가와 등을 한 대 치며 말했다.

"어우, 요 깍쟁이! 우리가 다 아는데…. 아이고, 그래도 기특해. 힘내, 자기!"

벽을 쳤던 것이 금세 후회되었다. 나는 동계동 여사님이 호주머니에 찔러주고 간 두유를 꺼내 고맙다는 인사 대신 흔들어 보였다. 지난번 구역 조정 이후로 우리는 모두 뿔뿔이 흩어졌고 어색한 사이가 되었지만, 아직 어린 나를 신경 써주는 여사님들의 마음은 변함이 없는 듯했다.

"저 먼저 출발하겠습니다. 수고하세요!"

나는 오늘은 두 배는 더 쩌렁쩌렁하게 인사하며 콩콩이를 일찌감치 몰고 길을 나섰다. 이제 제법 날씨가 푹해졌다. 온 세상이 색을 입을 준비를 하고 나선 것만 같다. 나뭇가지 끝이 푸릇푸릇해진 게 보였다. 나는 새로 바뀐 계절의 내음을 몸 깊숙이 들이마시며 더욱 힘을 주어 앞으로 나아갔다. 봄을 체감하는 데 콩콩이의 시속 10킬로미터 속력이면 충분했다.

"아이고, 어르신 제가 집까지 가져다드릴 건데요. 그냥 기다리시지 뭐 하러 나오셨어!"

"집에만 누워 있다가 산송장 된다고. 이런 건 내가 직접 가져갈 수 있어. 대신 돈 좀 받아줘."

"네, 그럴게요. 얼른 가지고 들어가세요. 이제 봄이라지만 이렇게 겉옷도 하나도 안 입고 다니시긴 좀 그래. 그러다 늦은 감기라도 걸리면 어쩌시려고?"

나는 물건을 건네며 씩 웃어 보였다. 쇼핑몰에서 취급하지 않지만 따로 주문을 받은 파와 부추까지 야무지게 챙겨 넣었다. 어르신은 나의 수고로움을 아는지 굳이 비탈길을 내려와 돈을 건네고 직접 물건을 받아 가셨다.

"우리 옆집이 이거 쓰던데…. 난 또 뭔가 했지. 이런 거 나 같은 사람은 영 알아듣기가 힘들어서."

뽀글뽀글한 머리 파마 사이로 군데군데 새치가 보이는 비교적 젊은 아줌마가 말을 걸어 왔다.

"아이고, 이거 혼자 하시면 젊은 사람도 어려워요. 제가 다 도와드릴게요, 말씀만 하세요."

"젊은 처자가 넉살이 좋네! 보기 좋다! 나도 도와주고 싶다 이런 생각이 절로 든단 말이지."

"아이고, 감사해요. 그럼 이거 팸플릿 드릴 테니까 한번 살펴보시고, 혹시 어려우시면 저한테 말씀하세요. 다 알려드리겠습니다."

나는 내가 직접 포토샵으로 만든 더 쉽고 친절한 버전의 설명서를 건네며 연락하라는 몸짓을 취했다. 동그란 스티커 안에는 내 연락처와 QR코드가 함께 들어 있는데 대부분 문자나 전화로 연락이 온다. QR코드로 접속하는 것이 쉬우실 리 없다. 사실 설명서만 보고 직접 할 수 있을 거란 생각은 하지 않아서 여전히 길거리 설명회를 연다. 오늘로 벌써 45회차다. 어르신들이 자주 찾는 정자에 들르면 보통 대여섯 분 정도 계신다. 그럼 한 분 한 분 휴대전화를 함께 봐가며 정성 들여 설명한다. 물론 설명을 듣고 모두 이용하시는 건 아니지만, 절반 정도는 시도해보신다. 그럼 재이용률은 거의 100퍼센트에 가깝다. 한 번도 안 쓴 사람은 있지만 한 번만 쓴 사람은 없다는 말이 딱 맞았다.

"요구르트 왔습니다. 꼭 챙겨 드세요."
"오야!"
"어르신, 식사하셨죠? 이거 드세요."
"고마워. 얼른 욕보셔."
그렇게 차례차례 배달을 마치고 난 뒤 마지막, 욕쟁이 할머니네 집에 들른다.
"나 들어가요오!"
이제는 문도 두들기지 않고서는 자연스럽게 화분 밑 열쇠를 꺼내 알아서 척척 문을 연다. 그러면 텔레비전 소리가 먼저 흘러나오고, 그 뒤로는 앙상한 다리를 한 할머니가 샐쭉한 표정으로 고개를 45도 정도만 돌린 채 나를 바라보고 있다.

"아이고, 할머니이! 이러고 계셨어 또? 아직 날씨가 이 정도는 아니라니까. 아래는 괜찮은데 여기 위는 안 그래."

나는 할머니가 문자로 미리 보내준 품목을 꺼내 싱크대 위에 죽 늘어놓고는 정리했다. 그리고 팬을 꺼내 기름을 둘러 달궜다. 달걀 밥을 만들기 위해서다. 달걀 밥은 내가 만든 정체불명의 볶음밥 같은 건데, 다른 재료는 필요 없고 오로지 달걀과 밥만 넣고 볶는 거라 간단하게 만들 수 있어 할머니네 오면 이걸 제일 자주 만든다. 서툴게 볶은 달걀 밥과 김치를 함께 한 상 내어가면 할머니는 고맙다는 소리는 하나 없으면서도 그릇을 싹 비우신다. 그걸 보면 나는 흐뭇하게 웃는 것이고. 밥을 다 먹고 나면 할머니와 수다를 떤다. 대부분은 내가 묻고 할머니는 책망하는 수준이지만 말이다.

"할머니는 친구 없어? 왜 아무도 안 와?"

"아무도 안 오긴! 그리고 오면 또 뭘 해! 와도 문 안 열어줘! 근데 넌 뭐 그런 걸 물어, 또?"

"아니, 난 그냥 할머니도 친구 있을 것 같은데 심심할까 봐 물어본 거죠."

"쓸데없는 소리 할 거면 가. 가라고!"

그날 밤 잠들기 전 누워서 스마트폰을 뒤적이다가, 갑자기 할머니 생각이 났다. 50년도 훨씬 더 된 일이니 답은 인터넷보다는 책 속에 있을 것 같았다. 그리고 검색을 해 서울에서 가장 크다는 헌책방을 찾아 문의글을 올렸다. 오래된 사이트인지 아직도 게시판에 문의글을 올리면 주인이 일일이 답변을 해주는 시스템이었다.

"혹시 대한민국 여경 역사책이나 도록 혹은 관련 사료가 있을까요? 가격은 상관없으니 꼭 구하고 싶습니다."

그리고 이틀 뒤 답이 하나 달렸다.

"《대한민국 여경사》라는 책이 있어요. 필요하시면 전화로 연락해주세요. 가격은 25,000원입니다."

정확히 일주일 만에 벽돌보다 크고 두꺼운 책 한 권을 받을 수 있었다. 나는 혹시나 하는 마음에 책을 얼른 펼치고 실린 사진들을 유심히 살펴봤다. 그리고 1960년대 대전 여순경 단체 사진 속에서 할머니와 닮아 보이는 사람 하나를 발견했다. 하지만 확신이 서질 않았다. 욕쟁이 할머니의 젊은 시절 모습을 모르는 데다가 흑백사진이었기 때문이었다.

'그래도 한번 보여드리자.'

다음 날 할머니네 배달을 가서는 요구르트와 함께 그 책을 내밀었다. 나는 미리 표시해둔 페이지를 펴서 손가락으로 사진

속 한 사람을 가리켰다.

"할머니, 이거 할머니 맞아요?"

욕쟁이 할머니는 깜짝 놀라 굳은 채로 아무 말도 하지 못하다, 이내 성질을 버럭 냈다.

"이 흉측한 것을 어디서 가져온 거야!"

"아니, 맞으면 맞다고 이야기를 해주셔야죠!"

"다시 보자, 다시 보자."

할머니는 한 명 한 명의 얼굴을 손가락으로 더듬으며 혼잣말을 하기 시작했다.

"얘가 점순이. 얘는 성화. 얘가 순이. 아이고야, 이 흉측한 것을 어떻게 찾았을까나!"

연신 사진을 쓰다듬던 할머니는 고개를 돌리고 눈물을 훔치기 시작했다. 나는 어정쩡한 자세로 서서 그 모습을 지켜보았다.

혼자가 아닌 날들

"아니, 요새 뭐 해? 살이 너무 많이 빠졌다."

"요즘에 그런 말 하는 거 실례야, 왜 그런 말을 해?"

"아니, 볼 좀 봐봐. 핼쑥해졌잖아. 그래서 한 말인데, 뭘."

"전 괜찮아요. 근데 정말 그래요?"

"응! 첨에 왔을 때는 볼살이 통통해가지고 애기 같았는데 지금은 뭐랄까, 나이를 더 먹은 것 같은 느낌도 있고. 이거 나쁜 뜻 아냐."

"자꾸 입만 열면 실수를 해!"

"아녜요. 전 진짜 괜찮아요. 살이 좀 빠지긴 했나 보네요. 살

빠지면 좋죠, 뭘. 그리고 우리 여사님이 그만큼 또 저를 관심 갖고 지켜봐주시니까 그런 것도 알고 그런 거지. 전 좋아요."

나는 넉살 좋게 동계동 여사님의 팔을 살짝 치며 말했다. 사실 처음에 유니폼을 받았을 때는 허리춤 위로 뱃살이 불거지는 게 느껴졌는데 지금은 품이 많이 넉넉해졌다. 게다가 바지가 자꾸만 흘려내려 허리께를 두 번 접어서 입는다. 그렇지 않아도 살이 빠진 걸 느끼고 있었는데, 겉보기에도 티가 나는 모양이었다. 나는 나도 모르게 볼을 쓱 한번 만져보았다. 기분 좋기도 하고 낯설기도 한 감정이 온몸을 휘감았다.

"이거 한 번에 다 실을 수 있어?"

뒤에서 내 배달 목록을 보고서는 점장이 은근슬쩍 물었다. 그렇지 않아도 한 장이면 끝이던 목록이 이제 A4 용지 세 장을 넘어갔다. 게다가 온라인몰 주문이 꽤 많아 물품도 다양해졌다. 나는 그 말에 대꾸하지 않고 한 손가락으로 머리를 긁으며 요리조리 물건을 쌓아볼 궁리만 했다. 깨지기 쉬운 달걀도 있어 요령껏 잘 넣지 않으면 불상사가 생길 수도 있으니까.

"요구르트 옆에는 스티로폼 칸막이 하나 넣고 달걀 넣고 그 옆에는 대파랑 그런 거 넣으면 되지 않을까? 첫째 칸은 다 될 것 같고 그럼 밑에는 조금 높은 거…. 요거트 큰 통이랑 두부랑 콩나물…."

계산을 해보니 아무리 잘 챙겨 넣어도 물건을 가지러 한 번은 더 대리점에 들러야 했다. 예전 같았으면 짜증부터 났을 텐데 그렇지 않았다. 그 핑계로 욕쟁이 할머니랑 점심도 한 그릇 같이 먹고 오면 되겠다는 생각이 먼저 들었다.

"일단 출발!"

나는 대리점을 박차고 나섰다.

"요구르트 왔어?"

"아이고, 어르신 왜 항상 나와서 기다리시는 거예요! 고생스럽게."

내가 오는 걸 저 멀리에서부터 보고 벌써 나와 기다리고 있던 어르신이 반갑다며 손짓했다. 나는 반색을 하면서도 걱정하는 티를 팍팍 냈다.

"아냐, 그냥 몸이 찌뿌드드해서."

"이따 약수터 가실 거 아니세요? 조금만 더 쉬시지."

"얼굴도 볼 겸…. 뭐 겸사겸사."

그 말을 하며 어르신을 얼굴을 붉혔다. 다른 뜻이 있어서가 아니라 젊은 사람이 열심히 일하는 모습을 보면 자신도 활력이 넘친다며 내가 오는 걸 유달리 반기셨다. 어르신은 가끔 믹스커피도 한 잔씩 주신다. 오늘은 캔커피 하나를 만지작거리다 조심스레 내게 건네셨다.

"어휴, 뭐 또 이런 걸! 저는 너무 좋지만요. 어르신이 부담되실까 봐!"

"나도 괜찮여! 얼른 마시고 일 봐. 나 때문에 괜히 시간 낭비할라."

나는 캔커피를 받아 든 손을 크게 흔들어 보이고 자리를 떴다. 다음 집에서는 또 다른 어르신이 집 앞에 목욕탕용 간이 의자를 놓고 쪽파를 까고 있었다.

"왔어? 일찍부터 안 피곤해?"

"아이고, 어르신 쪽파 까는 건 안에서 하시지. 봄바람이라도 아직 찬데, 이렇게 바람 맞으시면 몸 상해요. 얼른 들어가셔."

나는 일부러 나와 계신다는 걸 알면서도 신문지 위 쪽파를 둘둘 말아 옆구리에 낀 뒤 팔짱을 끼고 문을 열어 어르신을 안으로 들여보냈다. 잊지 않고 요구르트도 한 손에 쥐여드리고는 아쉬움에 발걸음을 늦추며 가보겠다는 말을 남기고는 돌아섰다.

벌써 천사마을에서의 3개월이 지났다. 짧다면 짧은 시간 동안 어르신들은 마음을 많이 열어주셨다. 어디서 왔는지, 몇 살인지, 무슨 생각을 하고 사는지도 모르는 낯선 여자아이에게 이렇게 마음을 열어주어도 되는 걸까. 그 생각이 드니 문득 찔끔 눈물이 났다.

"에이, 몰라. 또 이런다."

나는 누가 볼까 눈가를 훔치고는 다시 길을 나섰다.

"할머니, 저 들어가요."

할머니에게서 받은 열쇠로 문을 열고 안으로 들어섰다. 문을 여니 구수한 냄새가 났다. 깜짝 놀라 두리번 살펴보니 욕쟁이 할머니가 무릎을 꿇고 누룽지를 끓이고 있었다.

"할미! 쓸데없이 움직이지 마요. 이러다 덧난다. 덧나!"

"내가 뭘 하든 말든 뭔 말이 많아!"

할머니는 내 말은 듣는 척도 하지 않고 국자를 휘휘 저었다. 나는 혀를 내두르며 한쪽에 자리를 잡고 챙겨온 식재료를 다 꺼냈다.

"오다가 달걀 깨질까 봐 걱정했는데 다행히 멀쩡하네. 내가 이거 무사히 가져오려고 얼마나 애썼는 줄 아슈?"

"고깟 계란 한 판 가져온다고 생색은."

"하여간 꼬였어! 꼬였다고요!"

이제는 밉지 않은 할머니 면박에도 지지 않고 답했다.

"할머니, 오늘은 나 여기서 밥 먹고 가요."

"누구 맘대로? 너 줄 거 없다."

"아이, 또 심술부린다. 차리는 김에 숟가락 하나만 더 얹으면 되는 건데."

"그 숟가락은 어디서 나고 또 누가 씻는다냐?"

"어차피 설거지는 내가 하잖아요! 하여간 승질머리. 그럼 나 갈래."

나는 자리에서 벌떡 일어서 가는 척을 하자 할머니는 슬그머니 내 팔을 잡아 다시 앉혔다.

"먹고 가."

그 말에 배시시 웃어 보이고는 상부터 폈다.

"할머니, 오늘은 명란젓 가지고 왔어요. 누룽지에다가 이거 올려서 먹으면 완전 밥도둑이야."

"밥도둑? 그럼 넌 밥도둑년이게?"

할머니는 그 말이 뭐가 그렇게 웃긴지 호탕하게 소리 내어 웃었다. 나는 눈을 흘기고는 얼른 상을 차렸다. 통통한 명란젓을 가위로 듬성듬성 잘라 그릇에 담고 곁들여 먹을 나물도 꺼냈다. 엄마가 챙겨 보내준 밑반찬을 할머니와 함께 먹으려고 따로 싸 왔다.

"네가 했을 리가 없지…. 혼자 사는 놈이 밥도 못 해 먹어서야. 그러다 배 곯는다."

"배는 할미가 곯지. 맨날 밥에 물 말아서 대충 후루룩 먹으면서. 몸이 퍽이나 성하겠다!"

할머니는 나를 잠시 흘겨보다가 누룽지 푸게 그릇이나 가져오라고 딴소리를 했다. 나는 할머니를 궁둥이로 밀고선 대신 누룽지를 푸기 시작했다. 구수한 김이 모락모락 나는 누룽지를 보자 침이 절로 고였다.

"어른 먼저 잡수시라는 소리도 없이!"

내가 명란젓을 젓가락으로 쿡 찍어 입에 넣자 할머니는 대뜸 호통을 쳤다. 나는 놀라 젓가락질을 멈췄지만 이내 기죽지 않고 바락바락 대들었다. 나는 그냥 맛만 본 거라고, 기미 상궁도 모르냐고 소리치니 짐짓 엄한 표정을 짓던 할머니는 웃음을 참지 못하고 박장대소했다.

"그래, 먹어라. 아주 다 처묵으라."

그리고 우리는 그렇게 식사를 시작했다. 낮 11시. 이른 점심. 배달을 마치고 소중한 인연과 먹는 밥은 더할 나위 없이 맛있었다. 그리고 무엇보다 나는 내일 있을 서프라이즈 이벤트를 떠올리며 웃음을 간신히 참고 있었다. 내가 준비한 선물. 할머니는 꿈에 모를 그런 선물.

"왜 이렇게 실실 쪼개노? 미쳤어?"

"그냥 사는 게 재밌어서요."

"아직 쓴맛을 덜 봤구먼. 쯧쯧."

"제가 쓴맛 봤으면 좋겠어요? 심보하고는….."

나는 그릇을 마저 비우고는 일어나 설거지를 시작했다. 내 그
릇을 다 씻고 나면 할머니가 식사를 마치신다. 할머니의 그릇까
지 설거지를 하면 시간이 딱 맞았다. 나는 세제를 풀어 거품을
잔뜩 내 그릇을 문지르며 콧노래를 흥얼거렸다. 내일 할머니가
놀라 뒤로 나가떨어질 일을 상상하니 아주 고소했다. 실없게 뭐
하냐며 할머니는 계속 면박을 줬지만 나는 들은 척도 안 했다.

이튿날 아침, 이른 시간에 전화벨이 울리기 시작했다. 전화를
기다리던 나는 벨이 울리자마자 벌떡 일어나 두 손으로 휴대전
화를 감싸고서는 목소리를 가다듬으며 전화를 받았다.

"네, 지금 출발하신다고요? 아이고, 감사합니다. 내비게이션
에 집 주소를 찍으시면 이상한 경로로 안내를 해주니까요, 천
사마을 복지센터를 찍고 오세요. 제가 그 앞에서 기다리고 있을
게요. 참, 저는 형광 우비 같은 거 입고 있으니까 한 번에 알아보
실 수 있을 거예요."

전화를 끊고 나니 자리에 가만 앉아 있을 수가 없었다. 나는
방 안을 서성거리며 어쩔 줄 몰라 했다. 사실 내가 더 긴장했다.
할머니는 아직 이 사실을 모르니까 속 편하게 두 다리 뻗고 주
무시고 계실 테지만. 내가 벌인 이 이벤트를 할머니가 어떻게
받아들이실지 몰라 가슴이 두근거렸다. 혹시 싫어하시면 어쩌

지? 역정을 내고 쫓아내시면 어쩌지?

하지만 이내 고개를 내저었다. 이미 저지른 일. 이제 와 무를 수는 없었다. 나는 냉수로 세안을 하고서는 집을 나섰다.

'5분 전.'

'3분 전.'

'1분 전.'

휴대전화만 자꾸 들여다보며 잔뜩 긴장한 채 기다리는데, 저 멀리서 11인승 승합차 한 대가 보였다. 은색 스타렉스였다. 나는 직감했다. 바로 저기 내가 준비한 선물이 있다. 양손을 크게 흔들어 보이자 승합차는 내 앞에서 잠시 멈춰 섰다. 나는 승합차를 향해 따라 오라는 손짓을 하고는 앞장서 콩콩이를 몰았다. 마을 초입까지 내가 앞서고 차가 뒤따르는 상황이 이어졌지만, 다행히 통행하는 차가 없어 문제는 없었다. 마을 초입에 다다라 콩콩이를 주차한 뒤 스타렉스에서 내리는 어르신들에게 꾸뻑 인사를 했다.

"와주셔서 너무 감사해요!"

"아이고, 우리가 더 고맙지. 젊은 사람이 이 고생을 다 하고. 어떻게 또 그런 생각을 했대?"

일행분들에게서 탄성이 터져 나왔다.

"여기서부터는 계단도 많고 가팔라서요. 조심히 올라오셔야 해요. 저만 따라서 오세요. 천천히요."

나는 앞장서 계단을 오르기 시작했다. 내가 지나가자 기다리던 어르신들이 손을 흔들며 아는 척을 해 왔다.

"오늘은 배달은 안 하나? 구루마가 없네?"

"어르신, 오늘은 배달 파업! 농담이고요. 이따가 해드릴게요. 들어가 계셔요."

"응, 욕봐."

그렇게 어느덧 마지막 집인 우리의 목적지에 도착했다. 나는 일부러 똑똑 소리가 나게 노크를 하며 소리쳤다.

"할머니, 저 왔어요. 들어가도 돼요?"

그 말에 퉁명스러운 답이 돌아왔다.

"언제는 물어보고 들어왔나?"

그 말을 듣자 어르신들이 모두 껄껄 웃었다.

"맞네, 맞아."

"그래, 저런 기백이었어."

그리고 천천히 문을 열어 내가 먼저 안에 들어가고는 한쪽에 비켜서서 어르신들을 모셨다.

"얼른 문 닫아. 추…워? 엥? 뭐야?"

욕쟁이 할머니는 그 자리에 서서 그대로 굳어버렸다.

"꽃분이 형님."

"저희 왔어요."

"아이고야, 아이고야."

욕쟁이 할머니의 입에서는 거의 기절할 듯한 울음 섞인 비명
이 터져 나왔다.

"저 알아보시겠어요?"

"우리도 많이 늙었죠? 그죠?"

"천하를 호령하던 우리 호랭이 형님이 이렇게나 쭈글쭈글해
졌네그려."

"너 순이지? 성희, 섬례 이놈! 어떻게 된 거야…."

할머니는 옛 동료이자 후배를 끌어안고는 한참을 울었다. 나
는 자리를 비켜주었다. 그들만의 해후를 위해.

"할머니, 이제 내가 이런 것까지 배달해야 해?"

"이놈아, 내가 언제 해달랬어?"

"꼬박꼬박 안 챙기니까 그렇지."

"네놈이 먼저 오니까 그런 거 아니야. 내가 안 챙기긴 뭘 안
챙겨."

할머니는 벌떡 일어서서 내 손에 들린 소식지 뭉치를 빼앗아
갔다. 다달이 오는 여경 소식지였다.

"그때 이후로 연락은 하고 계시죠?"

"연락하든 말든!"

"고약한 성질머리 때문에 다 도망가셨을까 봐."

"또 보기로 했어. 볼 수 있을지 모르겠지만…."

"어울리지 않게 약한 소리 한다. 또!"

"너도 이 나이 되어봐!"

내가 장난스럽게 소식지를 뺏는 시늉을 하자 할머니는 나를 피해 도망 다녔다.

"약수 뜨러 가실 거죠?"

"당연하지."

"저는 배달 마저 하러 갈게요."

"내빼기는 어딜 내빼!"

"이제 저 튼튼하다고요. 체력 단련 더 안 해도 돼요!"

오늘도 우리는 물통을 들고 몸싸움을 벌였다. 이제 할머니는 혼자가 아니다. 그거면 됐다. 나는 그 생각을 하며 더욱더 열심히 할머니를 놀리며 약을 올렸다.

3장

웰컴 백

"그 얘기 들었어?"

"무슨 얘기요, 여사님?"

"그 화상이 다른 지점으로 간대."

"네? 정말요?"

"뭐, 실적 많이 올렸으니 노른자 지점으로 옮겨달라고 요청했다나 봐."

"원래 그러기로 유명하대."

열변을 토하는 서계동 여사님의 말에 동계동 여사님이 한마디 보탰다. 그분들의 설명에 따르면 점장은 지점을 옮겨 다니며 실적을 올려 인센티브를 잔뜩 받은 뒤 더 이상 매출이 오르지 않겠다 싶으면 매출이 더 잘 나올 만한 곳으로 전근 신청을 한 다는 것이었다. 아무리 천사마을의 배달 서비스 실적이 올랐다 해도, 객단가가 낮으니 매출을 더 이상 올리기는 어렵다는 판단 을 한 모양이었다.

"그래도 이 정도면 준수한데."

나는 흘러내리는 유니폼 바지춤을 잡고 배까지 힘껏 끌어 올 렸다. 그랬다. 천사마을을 담당한 뒤 나는 몸무게가 7킬로그램 빠졌다. 내 의지가 아니었다. 그냥 천사마을을 열심히 오가기만 했을 뿐이었다. 그런 날 보며 다이어트를 하겠답시고 거액의 개 인 PT를 끊은 친구들이 자꾸 비결을 물어댔다.

"너도 이 일 해봐. 우리 구역으로 오면 내가 5킬로그램은 단 박에 빼게 해줄게."

그러면 친구들은 입을 삐쭉거리며 못 들은 체했다. 그간 내가 틈만 나면 하소연했기에 얼마나 힘든지 친구들도 익히 알고 있 을 터였다.

"그럼 이제 우리 이쁜이도 구역 재조정되겠네?"

동계동 여사님이 슬쩍 운을 띄웠다. 그러자마자 서계동 여사 님이 어색하게 헛기침하며 황급히 뒤돌아섰다.

"형님, 그렇게 겸연쩍어할 필요 없어. 이제 다 지난 일인데, 뭐.

이쁜이도 잘 적응해서 실적도 잘 내고 있는데. 우리끼리 분열해 봐야 뭐가 좋아? 바깥 것들이나 좋죠."

"그러게. 우리 형님이 일부러 그 구역 가져간 것도 아니고 그 미친 점장이 그러라고 했잖수. 그러니까 이제 그냥 너무 미안해 마소. 우리 이쁜이도 맘에 담지 말고? 알았지?"

나는 미소로 화답했다. 꽁했던 마음은 이미 풀린 지 오래였 다. 처음에는 원망을 좀 했던 건 사실이지만. 우리는 다시 출발 할 채비를 서둘렀다. 나는 마지막일지도 모르는 온라인 주문 건 을 살뜰하게 챙겨 천사마을로 나섰다.

"안녕하세요, 여사님들. 저는 이번에 새로 발령받은 김군수라 고 합니다."

"아이고야, 이름이 군수야? 이름값 좀 하겠네."

"하하, 그 이름값, 열심히 하겠습니다!"

새로 온 점장은 전 점장과는 풍기는 분위기도 생김새도 완전 히 딴판이었다. 우선 키가 160센티미터를 조금 넘는 듯 작았지 만 체격이 돌덩이처럼 아주 단단해 보였고 얼굴에는 해사한 웃 음이 항상 가시질 않았다. 게다가 여사님들에게 꼬박꼬박 존댓 말을 했다. 느슨하고 화목해진 대리점 분위기에 임영웅 포스터 가 군데군데 다시 붙었고, 대리점에는 항상 그의 구수한 노랫가락이 울려 퍼졌다. 새 점장에 대한 여사님들의 애정도 남달랐다. 모이면 늘 홍보기만 바빴던 지난 점장과는 다르게, 새로 온 점장에게 먼저 다가가 먹을 것을 챙겨주었다. 가끔은 꼭 아들처럼 예뻐하며 머리를 쓰다듬어주고 싶어서 어찌할 줄 몰라 하기도 했다. 실적을 올리라며 독촉하지도 않아서, 여유롭고 즐겁게 편한 마음으로 일할 수 있는 이전의 대리점으로 돌아간 듯했다.

"여울 님, 그동안 수고 많았죠? 저 사실 천사마을 어떤지 잘 알아요. 혼자 맡아서 많이 힘들었을 것 같은데 구역 조정을 다시 했습니다. 예전에 맡던 구역으로 아예 가는 건 아니지만 조금씩 재조정해서 이전이랑 근처에 있는 동네로 새로 배정했어요. 지금보다는 수월할 겁니다."

새로 온 김군수 점장은 어린 나에게도 꼭 존대했다.

"감사해요…."

"저한테 고마워하실 필요 없고요. 여사님들이 신경 많이 써주신 덕분이에요. 저한테 그간의 상황을 알려주셔서 저도 이렇게 알고 조정할 수 있었던 거니까 여사님들께 감사하다고 말씀 한번 드리세요."

그 말을 하며 군수 점장은 여유롭게 윙크했다. 나 역시도 살가운 웃음으로 화답한 뒤 자리를 떴다.

새로 맡은 구역은 언덕 위 아파트 바로 옆이라, 콩콩이를 몰고 근처를 지날 때마다 저편에 아파트가 보였다. 아파트를 볼 때면 와플을 가열차게 굽던 그 시절이 절로 떠올랐다. 청임도, 콩순이도 잘 지내고 있겠지?

오가면서 한 번은 마주치지 않을까 싶었지만, 청임을 마주친 적은 없었다. 원래 만나고 싶으면 오히려 더 잘 만나지지 않는다던데, 정말 그런가 보았다. 대신 위플릭스 계정에 접속할 때마다 옆에 떠 있는 콩순이언니라는 이름을 확인하며 안부를 확인했다. 여전히 청임은 주기적으로 내게 영화와 드라마를 추천했다. 청임의 꾸준한 메시지로 청임과의 대화방은 항상 내 메신저 상단에 있었다.

천사마을 쪽으로 향할 때면 욕쟁이 할머니가 그리워졌다. 하지만 생활이 바쁘다 보니 자주 찾아뵙기는 쉽지 않았다. 할머니는 이따금 서툴게나마 찍은 꽃 사진을 문자로 보내왔다. 나는 사진 솜씨를 한껏 칭찬하며 할머니의 안부를 물었다. 함께 울고 웃던 사람들을 전처럼 자주 만나지 못해 서운하지만, 그들이 내게 남긴 추억은 마음 한편에 생생히 남아 있을 것이란 걸 나는 잘 알았다. 이제는 이들과 보낸 날들을 뒤로하고 새로 맡은 구역에 정을 붙여야겠다고도 다짐했다.

"안녕하세요, 저희 유제품 드셔보셨어요?"

새로 맡은 구역에서는 길거리 판촉 홍보를 자주 했다. 길거리 판촉으로는 신규 계약이 어렵고 힘만 든다며 피하는 여사님들도 많았지만, 나는 지난번 천사마을에서의 경험으로 길거리 판촉을 포기할 수 없었다. 대신 이 구역은 젊은 1인 가구가 대부분인 동네라서, 앱을 어떻게 깔아야 하고 주문을 어떻게 해야 하는지를 일일이 알려줄 필요는 없었다. 게다가 온라인 광고나 유튜브 콘텐츠로 이미 우리 회사 제품과 판매 방식을 잘 알고 있어 내가 일일이 권유하기 전에 원하는 제품을 꼭 집어 말하곤 했다. 그래도 나를 유심히 보는 사람들에게는 먼저 말을 걸어 제품을 살뜰히 소개했고, 오가는 사람들에게도 눈을 맞추며 열심히 인사를 했다. 그 때문인지 이 구역에서의 길거리 판매 실적이 꽤 괜찮았다. 배달 집은 서른 곳 정도였지만 배달 이상의 수익을 길거리 판촉에서 냈다. 나는 장소를 고정하고 길에서 판촉 홍보 하는 시간을 점점 늘렸다. 시간대도 되도록 같은 시간으로 맞추려 했다. 그렇게 하루이틀 지나니 단골이 생겼고, 그들이 멀리서 걸어오는 모습만 봐도 바로 제품을 꺼내 준비할 수 있을 정도로 익숙해졌다.

내가 이른바 함군이라고 부르는 손님도 그중 하나였다. 그의 이름도 모르면서 그렇게 부르는 이유는 말을 거의 한마디도 하지 않아서였다. 함군은 늘 함묵한다고 해서 내가 붙인 별명이다. 그래도 그는 항상 미소를 띠고 있었다. 해사하게 말간 피부에 밤톨 같이 짧은 머리 스타일을 고수하는 그는 175센티미터 정도 되는 키에 단단한 체격인데, 늘 반소매 티셔츠에 바스락거리는 소재의 바지를 입고 스포츠 양말을 신고 나타난다. 그러고는 꼭 300원짜리 제일 저렴한 요구르트 하나를 현금으로 사 갔다. 요즘은 다들 계좌 이체를 하거나 카드 결제를 하니 현금을 만져볼 일이 잘 없는데, 내 손바닥 위에 꼭 100원짜리 동전 세 개를 천천히 떨어뜨리고는 그걸 확인하라는 듯 자리를 뜨지 않고 기다리며 씩 웃어 보이곤 했다. 수입에는 도움이 전혀 되지 않는 고객이었지만 나는 차별하지 않았다. 언젠간 그가 비싼 음료도 팍팍 사고 배달까지 시킬지 어찌 알겠는가. 나는 그 생각을 하며 함군을 친절히 대했다. 그는 항상 오후 3시가 조금 넘은 시간에 왔는데, 보통 그 시간은 회사원들이 일을 하는 시간대니 일반적인 직장에 다니는 것은 아닌 듯했다. 야간 아르바이트를 할 가능성이 커 보였는데 그럼에도 불구하고 항상 단정한 모습이었다. 나는 언젠가부터 그런 함군이 기다려지기 시작했다.

이 구역의 젊은 손님들은 괜스레 말을 걸면 오히려 부담스러워 하기 때문에 될 수 있으면 밝게 인사하고 제품을 담아주며 감사 인사를 하는 것 외에는 잡담을 피해왔다. 하지만 왠지 함군에게는 말을 걸고 싶었다. 그의 목소리를 듣고 싶었기 때문이다. 그에 대해 좀 더 많은 걸 알고 싶었다. 그가 꼬박 한 달을 날 찾아왔을 때, 나는 그에게 말을 걸어보기로 마음먹었다.

오늘도 함군은 내게 100원짜리 동전 세 개를 하나씩 건넸다. 손을 옴폭하게 모아 동전을 받던 나는 그만 참지 못하고 말을 걸었다.

"항상 이 시간에 오시는데, 밤에 일하세요?"

아, 이게 아닌데! 순식간에 말을 뱉어놓고 내가 더 놀랐다. 게다가 첫마디가 무례해도 너무 무례하게 선을 넘는 질문이라니. 너무 당황스러웠다. 나는 뱉은 말을 얼른 주워 담으려 했다.

"아이, 그게 아니고요. 말이 이상하게 나갔네요! 늦은 오후에 나오시길래요…."

나는 그 말을 하고는 멋쩍은 나머지 머리카락 끝을 손가락으로 꼬았다. 그는 나를 빤히 바라보다가 말했다.

"네."

내가 그 짧은 대답에 이어 할 말을 찾느라 머리를 굴리는 사이, 그는 뒤도 돌아보지 않고 자리를 떴다.

찾아온 시련의 계절

어젯밤부터였다. 무릎이 시큰시큰한 게 시리다 못해 아파 잠을 청할 수가 없었다. 이 따뜻한 날씨에 전기장판까지 켜놓고 엎드려 누워있는데도 뼈 마디마디까지 아려 견딜 수 없게 되자 나는 물주머니를 꺼내 따뜻한 물을 얼른 채웠다. 그걸 무릎 위에 올려놓고 나서야 억지로나마 잠을 청할 수 있었다. 하지만 아침이 되자 통증이 더 심해졌다. 이제는 시리고 욱신거리는 통증이 발목까지 내려와 있었다. 어쩔 수 없이 파스를 곳곳에 붙이고 압박 타이즈를 신은 뒤 집을 나섰다. 30분이면 도착할 대리점에 15분이나 더 걸려 간신히 도착했다. 배달을 시작하기도 전에 오늘치 이미 기력을 다 써버린 것 같았다.

"오늘도 무사히 출근한 자기를 위해, 서비스!"

뒤를 돌아보았더니 서계동 여사님이 오늘은 구운 달걀 대신 뚝배기를 들고 계셨다. 그 안에 넘칠 듯이 부풀어 오른 계란찜이 있었다. 놀랄 기운조차 없어 간신히 미소를 지어 보였지만, 여사님의 재빠른 눈썰미를 피할 수는 없었다.

"무슨 일 있어? 어디 아파? 어머, 입술이 다 파래! 우리 먹깨비가 먹을 걸 다 마다하고 이게 무슨 일이야! 여사님들 다 모여 봐. 얼른!"

그 말에 주섬주섬 제품을 담고 정리하던 여사님들이 우르르 곁으로 몰려들기 시작했다. 과한 관심이 부담스럽고 민망해 어떻게 말해야 하나 고민하고 있었는데, 동계동 여사님이 먼저 말했다.

"무릎 안 좋은 거 아니야?"

"네? 어떻게 아셨어요?"

"여기 있는 사람 중에 무릎 안 아파본 사람이 있나 봐봐. 다들 한 번씩은 병원 다녀왔지."

"그런 거였어? 아이고, 우리 예쁜이가 아파서 어쩐대."

"용한 데 알려줘?"

"그러지 말고 내가 다니는 한의원 소개해줄 테니까 얼른 가

봐. 그거 참고 일하다가 입원하는 수도 있어."

그렇게 내 무릎 상태를 두고 설왕설래를 벌이던 여사님들은 저마다 치료법과 병원을 알려주었고 내가 그중 용하다는 한의원 전화번호와 정형외과 이름을 받아 들고 나서야 이야기는 끝이 났다. 일단 오전 배달만 돌고 얼른 병원에 가봐야 할 것 같았다.

'하루쯤 판촉 안 해도 괜찮겠지?'

그렇게 생각하자 그 청년 얼굴이 갑자기 떠올랐다. 함군!

'에이, 딱 하룬데 뭘. 그리고 오늘은 안 올 수도 있고. 후딱 갔다 오자.'

나는 도리질 치며 간신히 떠오르는 얼굴을 떨쳐내고는 서둘러 배달에 나섰다. 무릎 통증을 꾹 참고 배달을 끝내고는 병원으로 달려갔다.

"그래, 어디가 아파서 오셨을까?"

정수리가 벗겨진 나이가 지긋하신 의사 선생님이 물었다. 나는 무릎까지 유니폼 바지를 걷어 보이고는 답했다.

"여기 무릎 주위가 시큰시큰하고 시린데요. 밤에 통증이 더 심해요."

"그래? 어디 넘어지거나 다쳤던 건 아니고요?"

"네, 그러진 않았어요."

"무릎 많이 쓰는 일 해요? 아님 운동?"

"아, 저 배달 일해요."

"배달? 그럼 계단 많이 오르락내리락하나?"

"그런 셈이죠."

나는 그 대답을 하며 지옥의 천사마을 계단을 떠올렸다.

"그게 원인일 수 있는데 일단 엑스레이 한번 찍어봅시다."

나는 안내를 받아 진료실 밖으로 나섰다. 엑스레이실이 진료실 바로 옆에 붙어 있어 순식간에 촬영이 끝이 났다. 나는 다시 진료실로 들어갔다.

"음…. 20대 아가씨 무릎이 이 상태가 되었다라…. 안 되겠는데."

"네? 그게 무슨 말이시죠?"

"무릎에 물이 찼어. 주변 인대도 상했고."

"그 정도예요?"

"여태껏 버틴 게 신기할 정도야. 쯧쯧. 일단 인대 강화 주사 한 대 맞고 오늘 물리치료하고 가요. 심하면 무릎에 고인 물도 빼야 할 것 같은데…. 일단 당분간은 계단 오르는 거, 산 타는 거 하지 말고. 가급적 다리 쓰지 말아요."

"…알겠습니다."

나는 잔뜩 풀이 죽은 채 진료실을 빠져나와 주사를 맞고 물리치료실로 향했다. 뜨끈한 팩을 하고 치료를 받으니 좀 괜찮아지는 듯했지만 내 마음속 걱정은 한없이 부풀기만 했다.

'당장 내일부터 다시 배달 돌아야 하는데…. 이러다가 아예 배달 일을 못 하게 되는 건 아니겠지?'

물리치료를 받는 내내 휴대전화로 나와 같은 증상을 호소하는 환자들의 이야기를 검색하고 또 검색했다. 대부분 적어도 3개월에서 6개월은 안정을 취해야 한다고 했다. 대충 파스와 물리치료로 버티며 돌아다녔다가 결국 무릎 수술을 해야 했다는 경험담도 적지 않았다. 경험담을 들여다보면 볼수록 나도 모르게 깊고 긴 한숨이 절로 나왔다. 나 어떡하지, 정말.

우선은 바로 집으로 갔다. 밤이 되자 어김없이 고통스러운 통증이 찾아왔고 나는 다리를 부여잡고 한참을 뒹굴다 처방 약을 먹고 나서야 까무룩 잠이 들었다.

다음 날, 출근길 내내 몸도 마음도 무거웠다. 길지 않은 출근길에서도 다리가 너무 아파 몇 걸음을 걷다가 쉬다가를 반복하며 겨우 대리점에 도착했다.

"아프다면서요? 여울 님, 좀 쉬엄쉬엄해요. 아니면 좀 늦게 나와도 괜찮아요."

새로 온 점장은 여전히 내게 님자를 붙여 꼬박꼬박 존대하며 나를 진심으로 걱정했다. 나는 겸연쩍어 대꾸도 하지 못하고 고개만 꾸벅 숙인 채로 지나쳐 안으로 들어섰다. 그러자 바로 동계동 여사님이 마치 내가 오기만을 기다리기라도 한 듯이 얼른 다가와 어깨를 잡고 앞뒤로 흔들며 말을 했다.

"아니, 어떻게 됐어? 많이 아프대? 어디 많이 다친 거래?"

"아, 그게요…. 무릎에 물이 찼대요. 인대도 좀 손상되었다고 하고요."

"아이고, 내가 그럴 줄 알았다. 나도 여기 물 차서 수술 한 번 했어."

"무릎이 재산이야. 아껴야 해. 그러게 너무 천사마을에서 무리한 거 아니야?"

그 말에 서계동 여사님은 큼큼 헛기침하며 민망해했다.

"미안해. 내가 진짜 한번 말하려고 했는데…."

"아니에요. 여사님. 진짜 아니에요. 저 다 이해해요. 저라도 그렇게 했을 거예요."

"그렇지? 역시 이쁜이는 내 맘 잘 알아요. 아이고, 기특하고 이뻐. 근데 아파서 어째?"

여사님들과의 대화는 다 이런 식이었다. 다른 이야기를 하다가도 결국엔 내 무릎 걱정으로 이야기가 마무리됐다. 관심이 조금 부담스럽기는 했지만 싫지는 않았다. 다 나를 예뻐한다는 증

거니까. 하지만 그럴수록 마음은 더 심란하기만 했다. 어쩔 수 없이 오늘도 판촉 행사는 거르기로 했다. 이제는 그 청년을 떠올리며 미안해할 마음의 여유조차 없었다. 일단 내 몸이 아프니 그럴 정신이 없었다. 오늘도 오전 배달만 겨우 마치고 병원으로 향했다.

치료를 받은 지 3주. 어느 정도 차도가 있었다. 결국 무릎에서 물을 빼야 했다. 그래도 활동을 줄이고 꾸준히 치료를 받았더니 무릎과 인대 모두 많이 나아졌다. 조금 나아졌다고 해도 조심하고 또 조심하라는 의사 선생님의 당부에 당분간은 통근할 때 공유 킥보드의 힘을 빌리기로 했다. 오늘도 킥보드를 타고 출근했더니 서계동 여사님이 먼저 나를 반겼다.

"이제 좀 괜찮아?"

"네, 훨씬 나아요. 그래도 조심하긴 해야 한대요."

"그렇지, 조금 나아졌다고 방심하면 더 크게 덧나요. 이거 먹고 힘내!"

이번에는 단백질 셰이크였다. 직접 건강보조식품 가게를 찾아가셔서 증상을 이야기하고 근육 건강에 도움이 되는 걸로 사오셨단다. 나는 고마움에 눈물이 찔끔 났다.

"여사님…. 힝…."

나는 단백질 셰이크를 한입에 털어 넣은 뒤 콩콩이에 여느 때보다 더 많은 제품과 팸플릿을 챙긴 뒤 힘차게 출발했다.

"안녕하세요, 요구르트 있습니다. 몸에 좋은 유제품도 있고 요. 저희 온라인 쇼핑몰에서 더 다양한 제품을 만나보실 수 있어요!"

오랜만의 판촉 행사라 그런지 신이 났다. 나는 콩콩이를 세워 두고 지나가는 사람들을 붙잡고 샘플 음료와 팸플릿을 나눠주며 열심히 홍보했다. 닥스훈트를 데리고 지나가는 견주에게는 온라인 쇼핑몰에서 판매하는 건강 성분 개 사료를 소개했고, 나이가 지긋하신 어르신에게는 식료품 배달 서비스를 안내했다. 그렇게 시간 가는 줄도 모르고 나는 홍보에 박차를 가하고 있었다. 그때 누군가 내 어깨를 톡톡 두드렸다.

"네?"

뒤를 돌아보니 그 청년, 함군이었다. 여전히 해사한 미소를 띤 채로 그 자리에 서 있었다. 나는 놀라기도 하고 반갑기도 한 마음에 활짝 웃어 보였다.

"왔어요?"

"네에."

"이거죠?"

나는 요구르트 하나를 건네고선 손바닥을 내밀었다. 그런데 그 청년은 동전을 꺼내지 않고 머뭇거리기만 했다.

"왜…요? 무슨 할 말이라도?"

나는 눈을 동그랗게 뜨고 조심스럽게 물었다. 그러자 그 청년은 머리를 긁적이며 잠깐 미적이다가 동전과 함께 곱게 접은 종이 하나를 내 손바닥 위에 올려놓고 꾸벅 인사를 하더니 재빨리 사라졌다. 나는 놀라 그 자리에 얼어붙듯 서서 아무 말도 하지 못했다. 이내 정신을 차리고서 그가 내민 종이를 차근히 펴보았다. 손글씨가 빼곡히 적힌 편지였다.

매일 요구르트 사 마시는 학생입니다. 이제 안 오시는 줄 알았습니다. 혹시나 무슨 일이 있으신가 걱정했어요…. 저는 요구르트를 사면 뒤집어서 마셔요. 뭔지 아세요? 바닥에 작게 구멍을 낸 뒤 빨아 먹는 건데, 어릴 때 습관을 바로잡지 않았더니 다 큰 지금도 그렇게 먹습니다. 그렇게 먹으면 요구르트가 유난히 달게 느껴져요. 요구르트 마시면서 지나가는 사람들을 구경하다 보면, 복잡하기만 하던 마음이 어느새 정돈이 되더라고요. 그래서 저는 매일 여기서 요구르트를 하나씩 사 먹는 재미로 살아요. 항상 반겨주셔서 감사합니다. 그 긍정적 에너지 받아서 저도 늘 기분이 좋아졌거든요. 건강하세요.

정성이 가득한 손편지에 일렁이는 마음을 감출 수 없었다. 누가 나를 이렇게 기다려줄까? 내 일을 존중하고 나라는 사람의 가치를 알아봐주는 사람이 존재한다는 게 그저 고마울 뿐이었다.

항상 그 자리에

이 얼마만의 평화인가. 요즘은 출근하는 게 설렌다. 새로운 구역 손님들과도 어느 정도 안면을 텄고 시끄럽던 대리점에도 웃음꽃만 핀다. 고된 판촉 행사마저 즐겁다. 이렇게 마냥 좋을 때면, 마음속에 이유 모를 불안감도 함께 자리한다. 이 평화가 오래가지 못할까 봐. 언제 깨질지 몰라서.

복잡한 마음으로 대리점에 들어섰다. 오늘은 동계동 여사님이 일회용 비닐 팩에 빨대를 꽂아서 나를 바라보며 서 있었다.

"여사님! 이번엔 또 뭐래요? 이런 거 괜찮대도. 귀찮고 힘드시게. 매번 미안하잖아."

"에이, 이쁜이를 위해서 이깟것쯤이야! 이거 마셔봐. 내가 중국으로 유학 간 우리 딸 이야기 듣고 한번 만들어본 거야. 거기서는 이걸 또우장이라고 한다나 뭐라나. 그냥 콩물이야. 아무것도 안 넣고 고소하게 바로 내린 거."

나는 얼른 한 입 들이켰다. 입안 가득 차오르는 고소함에 감탄이 절로 나왔다.

"와, 진짜 고소한데요? 콩물이 이런 맛이라고요? 그동안 콩물 헛먹었네!"

"우리가 먹는 거에는 사실 단 거 많이 들어가. 근데 이렇게 바로 짜면 신선하면서도 달지도 않고 고소한 맛이 배가된다니까. 사실 나, 이거 새로운 음료 아이디어로 내보려고."

동계동 여사님은 이미 상이라도 탄 것처럼 어깨춤을 추기 시작했다. 본사에서는 매년 전국 대리점을 대상으로 신제품 아이디어 공모전을 연다. 1등 상품은 해외 크루즈 여행 상품권. 작년에 근처 대리점의 어떤 분이 1등을 해 일본과 러시아를 다녀왔다는 소문을 들었었다. 동계동 여사님은 긴 해외여행을 다녀오는 게 소원이라고 늘 노래를 부르셨으니 노리실 만했다. 나는 여사님의 아이디어에 구체적으로 조언을 보태 도움을 드리고 싶었다.

"이걸 제품화해서 대량 생산할 수 있는 방법을 한번 생각해

보시면 어때요? 전국 대리점에 나가고 배달까지 하려면 아무래도 방부제와 첨가제를 넣어야 할 테고, 그럼 맛이 달라질 것 같은데. 이런 문제를 해결하지 못해서 비슷한 제품이 없었던 게 아닐까요? 그것도 한번 잘 생각해보시면….”

내 말에 달콤한 상상에서 깬 듯한 동계동 여사님은 갑자기 얼굴이 어두워지더니 뾰로통해져 내 말을 다 듣지도 않고 홱 뒤돌아 가버리셨다. 동계동 여사님의 뒤를 쫓아 가려던 나를 서계동 여사님이 말렸다.

“냅둬. 요새 마음이 이랬다저랬다 하는 것 같으니까. 저 치가 간이고 쓸개도 다 내줄 것처럼 잘해주다가도 싫은 소리 한번 들으면 저래. 그냥 냅둬. 저절로 풀려. 괜히 말 붙이려 애쓰고 그러지 말고.”

“전 도움이 되고 싶어서 좋은 마음으로 말씀드린 건데…. 제가 실수한 것 같아요….”

“이미 갔어. 내버려두라니까.”

나는 시무룩해져 그 자리에 꼼짝하지 못하고 우두커니 서서 바닥만 찼다. 요즘 들어 느낀 막연한 불안감이 이거였나 싶어 어쩔 줄 몰랐다. 나는 한 손에 또우장이 담긴 일회용 팩을 든 채로 여사님들이 떠난 자리만 물끄러미 바라보다 뒤늦게 출발했다.

"안녕하세요!"

"안녕하세욧!"

지나가는 어르신과 눈을 맞추며 살갑게 인사를 했다. 그 덕분인지 나를 이상하게 바라보던 주민들도 이제는 호의적으로 눈을 함께 마주치며 인사를 받아줬다. 아침에 상했던 마음이 조금이나마 돌아오는 것 같았다. 사실 그보다, 오후 3시가 기다려졌다. 그 청년과의 재회가, 나눌 대화가 잔뜩 기대되었다. 마음은 판촉 행사를 하는 그 장소에 이미 가 있었다. 마지막 서른 번째 집 배달을 마친 순간 나는 한숨을 탁 내쉬며 콩콩이에서 챙겨두었던 샘플 음료를 하나 꺼내 꿀꺽꿀꺽 단번에 마셨다.

"시원하다!"

그 모습을 지나가던 경비원 아저씨가 보시고는 내게 엄지손가락을 치켜올려 보여주셨다. 나는 멋쩍어 고개를 숙이는 대신 맞따봉을 치켜올렸다.

"이제 나타날 때가 됐는데….."

3시에서 3분 정도가 조금 넘은 시각이었다. 오늘은 오가는 사람이 뜸했지만, 이대로 일찍 파하고 들어갈 순 없었다. 나는 일찌감치 한 손에 300원짜리 요구르트를 들고 그를 기다렸다.

그때, 멀리서도 한눈에 알아볼 수 있는 익숙한 걸음걸이와 체격의 청년이 이쪽을 향해 걸어오고 있었다. 나는 반가운 마음에 손을 들어 크게 흔들어 보였다.

"안녕하세요!"

목소리가 청년에게까지 닿도록 목청껏 외쳤다. 길 한가운데를 걸어오던 청년은 잠시 주위를 둘러보다가 자신을 향해 외친 것임을 알고는 고개는 푹 숙이고 빠르게 걷기 시작했다.

"오랜만이에요! 그동안 잘 지내셨죠? 저는 무릎을 좀 다쳐서 못 나왔어요. 별일 없으셨죠?"

"아…. 네. 그러셨구나."

편지를 주고선 처음으로 나누는 대화라 그는 다소 쑥쓰러워하는 듯 보였다. 나 역시 멋쩍어 대화를 어떻게 이어가야 하나 망설이고 있는데, 그가 300원을 내밀었다. 나는 자연스럽게 손에 들고 있던 요구르트를 건넸다. 그는 바로 자리를 뜨지 않고 잠시 망설이다 말했다.

"제가 I라서…."

"네?"

"그 MBTI요. 제가 I라 오해를 많이 사요."

"아…. 풉. 알겠습니다. 제가 다 이해할게요. 어색해하지 마시고 또 요구르트 사러 들르세요."

나는 멋쩍게 말하고 뒤돌아서는 그의 등 뒤에 대고 명랑하게 답했다. 그는 가는 길에 살짝 손을 흔드는 듯 보였다. 그날 그가 마지막 손님이었다.

"요즘 기분 좋아 봬. 무슨 일 있어?"

"그러게, 얼굴에 웃음꽃이 피었어. 혹시 누구 만나?"

한층 밝아진 내 얼굴을 두고 여사님들끼리 추측을 늘어놓고 있었다. 나는 별말 없이 빙그레 웃기만 했다.

"어라? 그렇게 웃으니까 더 이상해."

"그래! 지금 이 나이에 누구 만나는 건 너무 당연하고 축하받을 일이지. 뭐하러 숨긴데?"

이미 내게 남자친구가 생겼다는 게 기정사실이 된 분위기가 조성되자 나는 손사래를 치며 강력하게 부인했다.

"그건 아니고요. 실은 매일 같은 시간에 제품 사 가는 단골손님도 생기고 해서, 보람차서요. 그뿐입니다요!"

"그 손님이 여자야, 남자야? 여자면 안 이럴걸."

"그래, 필시 남자지! 젊은 총각이야?"

"아이고, 여사님들 또 이러신다. 저 먼저 나갈게요."

나는 내 뒤로 쏟아지는 말들을 피해 콩콩이에 시동을 걸고 부리나케 대리점을 나섰다.

3시 1분이 되자 어김없이 그가 나타났다.

"안녕하세요."

"안녕하세요!"

오늘은 그가 먼저 인사를 건넸다. 자연스럽게 300원을 건넨 그는 속이 쓰린 듯 명치께를 쓸어내렸다.

"속이 안 좋으세요?"

"아, 그게…. 제가 편의점 알바를 하거든요. 점장님이 주셔서 뭘 먹었는데 그게 없혔는지 속이 메스껍네요."

"병원 가보셔야 하는 거 아니에요?"

"병원 갈 정도는 아니에요."

그는 손사래를 쳤다. 하지만 나는 그냥 넘어갈 수 없었다.

"이거 소화 잘되는 음료인데 드세요. 돈은 안 받을게요. 드셔보시고 괜찮아지시면 다행이고요. 잘 맞으시면 다음에 한번 사드세요."

"이렇게까지…."

"자, 따드릴 테니까 여기서 바로 쭉 들이키고 가세요."

나는 얼른 뚜껑을 따 그에게 건넸다. 그러자 그는 쑥스러운 듯 음료를 받아들고는 꿀꺽꿀꺽 한번에 다 마셔버렸다. 그는 나에게 쓰레기를 주지 않으려는 듯 그는 빈 통을 손에 꼭 쥐어 우그러뜨렸다. 나는 손을 뻗으며 달라는 시늉을 했지만, 그는 괜찮다고, 가는 길에 분리수거장에 버리면 된다며 해사하게 웃어 보였다.

"고마워요!"

"이렇게 종일 일하시면 힘들지 않으세요? 저도 밤새 서서 일 하는데, 쉽지 않거든요."

그가 내게 먼저 이렇게 길게 말을 건 것은 처음이라 어떻게든 성실하게 답을 해줘야겠다는 생각이 들었다.

"무조건 서 있기만 해야 하는 건 아니에요! 사실 앉아서 해도 되는데 그냥 습관이 되어서 서 있어요."

"근데 그러면 무릎에 더 안 좋지 않나요?"

그는 내 다리를 가리키며 말했다.

"괜찮아요. 직업병 같은 건데요. 뭘."

"그래도 쉬엄쉬엄하세요. 아무튼, 감사합니다."

그는 꾸벅 인사를 하고는 뒤돌아 사라졌다.

신기하게도 그날 저녁 다시 무릎이 시큰해지기 시작했다. 나는 한동안 찾지 않던 파스를 덕지덕지 붙이고는 애써 잠을 청했다. 다시 병이 도져 지난번처럼 오래 자리를 비우게 될까 봐 겁이 났다. 동시에 청년 얼굴이 머릿속을 스쳤다. 매일 나를 기다리는 사람. 이제 막 친해진 사람. 더 알고 싶은 사람. 그를 기다리는 일을 하루도 빼먹고 싶지 않았다.

나는 결국 새벽 3시가 넘어서야 겨우 잠이 들었고, 2시간 뒤에 다시 일어나야 했다.

"오늘도 오겠지?"

나는 휴대전화로 시간을 확인하며 그를 기다렸다. 그리고 3시가 조금 지나자 저 멀리서 익숙한 실루엣이 보였다. 나는 직감적으로 그임을 알았다. 너무 반가운 나머지 나도 모르게 손을 입가에 대고 인사를 우렁차게 해버렸다.

"안! 녕! 하! 세! 요!"

그의 손에 뭔가 큰 짐이 하나 들려 있었다. 손에 든 짐 때문에 더 천천히 걷는 것 같았다. 거의 다 왔을 무렵 걸음을 멈춘 그는 잠시 서서 망설이는가 싶더니 이내 결심이라도 한 듯 내게 성큼 다가왔다. 그의 손에 들린 건, 접이식 의자였다.

"이건 뭐예요?"

"그게 아니라…. 이거 드리려고요."

"저요?"

나는 손가락으로 나를 가리키며 당황해 물었다. 그러자 얼굴이 빨개진 그가 고개를 끄덕였다.

"무릎 아프시대서…. 매일 서 계시길래. 이거 얼마 안 해요. 그때 음료도 주셨고…."

그는 말꼬리를 흐렸다. 그런 청년을 머쓱하게 만들기 싫어 얼른 그의 손에서 의자를 건네받았다.

"지금 바로 앉아보세요."

"지금요?"

나는 망설이다가 의자를 펴고 앉았다. 너무나도 편했다. 대형 생활용품점에서 5천 원 정도에 팔 법한 제품이었지만 그게 중요한 게 아니었다. 나는 고마운 마음에 검은 봉투에 요구르트를 열 개쯤 얼른 담아 건넸다. 그는 한사코 손을 내저으며 거절하다가 결국 받아들었다.

"의자 진짜 고맙습니다."

"아니에요…. 뭘. 아닙니다. 잘 먹을게요."

그는 그렇게 사라졌다. 나는 그의 뒷모습에 대고 손을 마구 흔들었다. 그가 사라질 때까지.

사라진 그

언젠가부터 나는 그가 오는 3시를 기다리며 하루를 시작하
게 되었다. 말수는 적지만 다정한 마음을 가진 그를 기다렸다.
그가 오는 3시에 맞춰 판촉 행사 장소에서 기다리려면 아침부
터 몸을 바쁘게 놀리지 않으면 안 된다. 그렇지 않으면 머릿속
에 잡다한 생각이 둥둥 떠다녀 오전 배달에 집중하지 못하기
때문이다.

"요즘 얼굴이 확 폈어! 무슨 일 있어?"

오늘도 역시 서계동 여사님은 삶은 달걀을 까주시며 너스레
를 떨었다. 나는 여사님의 고도의 유도신문에 넘어가지 않으려

대충 둘러댔다.

"무슨 일은요. 새 구역 적응하느라 바쁘기만 하죠."

"얼씨구, '바쁘기만 하죠?' 설마요. 기존 구역 바로 옆인데 별다를 게 뭐 있나! 어딘가 옷차림도 달라지고⋯. 나한테 제보가 막 쏟아져 들어와요. 알지? 나 소식통인 거? 내 눈은 못 속인다고."

서계동 여사님은 삶은 달걀을 거의 억지로 내 입에 쑤셔 넣으며 나를 몰아세우고 나섰다. 연신 뒷걸음질치다 코너에 몰렸는데, 다행히 점장님이 서계동 여사님을 부르며 상황은 일단락되었다. 하지만 이제는 남계동 여사님이 나섰다. 이 여사님의 눈초리는 더욱더 매섭고 진지했다.

"내가 촉이 좀 좋은 편인데⋯."

"아이고, 여사님 아니에요. 아무 일도 없어요."

"내가 뭘 이야기할 줄 알고?"

"네?"

"무슨 일이 없다면 그 무슨 일이 무슨 일일까?"

여사님의 능수능란한 말솜씨에 넘어갈 뻔했다. 나는 아니라고 손을 내저어 보이면서 그 자리를 빠져나가 줄행랑을 치려는데, 이번에는 동계동 여사님이 나의 퇴로를 딱 막았다.

"어험! 이렇게 가면 우리가 상상의 날개를 펼치는 걸 어찌 막으려고? 그냥 솔직하게 말씀하시지. 이렇게까지 아니라고 난리인 거 보면 제 발 저릴 뭔 일이 있는 것 같은데…. 크흠."

"아니에요. 진짜 아니라고요. 저 갑니다. 저 늦어서 빨리 가야 해요."

여사님들의 추궁에 어느덧 식은땀까지 찔끔 흐르는 게 느껴졌다. 둘러대느라 온 에너지를 다 써버린 나는 겨우 콩콩이를 향해 달렸고, 어른들이 촘촘하게 쳐놓은 의심의 그물망을 간신히 빠져나갈 수 있었다.

'큰일 날 뻔했네.'

그 말을 속으로 내뱉고는 오히려 내가 더 깜짝 놀랐다.

'무슨 큰일? 정말 뭐라도 있었던 거야? 아니잖아. 그 사람은 그냥 고객이라고. 손님! 정신 차려.'

그러면서도 두 볼이 발그레해지는 것이 여실히 느껴졌다. 나는 얼른 콩콩이에 올라타 두 발에 힘을 단단히 주었다. 그리고 내내 앞만 바라보며 딴생각은 하지 않으려 애를 썼다.

새로 맡은 구역에서는 오가는 사람들과 크게 인사하는 대신 주로 살가운 눈인사를 주고받는다. 곧 출근한 사람들의 이른 아침을 방해할 수 있기 때문이다. 조용하고 차분한 인사를 나눌 때면 천사마을에서의 날들이 그립기도 했다. 힘차게 쩌렁쩌

령 주고받던 인사에서 따뜻한 정을 느낄 수 있었으니까. 하지만 이런 적당한 거리감도 그리 나쁘지 않았다.

오후 3시까지 두어 시간 남짓 남았다. 생각난 김에 오랜만에 천사마을을 들러볼까 하는 생각이 들었다. 나는 곧바로 카트를 돌려 천사마을 방향으로 몰고 나가기 시작했다.

오랜만에 온 천사마을은 분주한 느낌으로 가득했다. 얼마 전 천사마을이 재개발 지역으로 선정되었다는 소식을 들었었다. 곳곳에 걸린 플래카드와 이미 빈 것 같은 집들이 눈에 띄었다. 하지만 내가 배달을 가던 집 어르신들은 그 자리 그대로였다. 나는 돌아다니며 인사를 드리고 근황을 여쭈며 너스레를 떨었다.

"인근 할아버님은 요즘도 약수터에 제일 먼저 가서 운동하시고 그러세요?"

"인근이? 걔 갔어…. 간 지 한 두어 주 되었어."

"네?"

"그렇게 놀라지 말아. 이 나이에 되면 오늘내일 사이에 결판나는걸. 와서 데리고 가면 뭐, 가야지 어쩌겠어."

나는 정정하시던 인근 할아버님을 떠올렸다. 추운 날에도 민소매를 입고 열심히 철봉 운동을 하셨는데…. 눈물이 핑 돌았다. 뒤돌아서 눈가를 훔치고 나는 제일 보고픈 어르신이 있는 곳으로 오르기 시작했다. 처음엔 무섭게만 보이던 계단도 이제는 금세 가볍게 오를 수 있다. 아니나 다를까 내가 왔다는 소식이 벌써 퍼지기라도 한 건지 욕쟁이 할머니네 대문이 열려 있었다. 문틈을 들여다보니 할머니의 옆모습이 살짝 보였다. 뭔가를 열심히 씻는 할머니가 낯설지 않았다.

"할머니!"

"왜 그렇게 소리를 질러? 왔으면 조용히 들어와 앉으라."

나는 머쓱해져서 열린 문 안으로 들어서 방 한가운데 양반다리를 하고 앉았다. 방에는 요즘 '레트로'라는 이름으로 한창 유행인, 꽃무늬가 그려진 알루미늄 밥상 위에 한가득 찬이 차려져 있었다. 깨를 솔솔 뿌려 마무리한 진미채 볶음은 매콤달콤해 보여 침샘을 자극했고, 나란히 놓인 콩나물과 고사리나물에서는 참기름의 고소한 향이 올라와 코를 훅 스쳤다. 고봉으로 퍼준 흰쌀밥도 순식간에 해치울 수 있을 것 같은 밥도둑들이었다. 보기만 해도 입맛을 돋우는 밥상에 혹한 것도 잠시, 내가 올 거라고 미리 언질이라도 받은 것처럼 어떻게 이렇게 빨리 상을 차렸는지 궁금해졌다. 내가 밥상 앞에서 미적거리고 있자 할머니는 직접 내 손에 젓가락을 쥐여주며 호통을 치기 시작했다.

"먹어! 놀라긴 뭘 놀라."

"저 온 거 아셨어요?"

"알긴 뭘. 그냥 이때 되면 밥 먹는데 숟갈 하나 더 놓은 거야."

"에이, 할머니 12시 안 돼서 점심 자시잖아요. 지금 1시인데?"

"처먹으라. 무슨 말이 많노."

"네, 아무튼 잘 먹을게요."

오랜만에 먹는 할머니의 밥상이 반가워 얼른 크게 한술 떠 입에 넣었다. 갓 지은 밥은 따끈하고 고슬고슬하니 정말 맛있었다. 거기에 금방 무친 시금치를 올려 한술 더 뜨니 천국이 따로 없었다. 모두 금방 한 반찬이라는 것을 어렵지 않게 알 수 있었다. 내가 왔다는 소식을 전해 듣고 급히 찬을 만드신 모양이었다. 나는 굳이 더 묻지 않고 씩씩하고 힘차게 밥을 먹었다.

"너 약속 어겼다."

"무슨 약속이요?"

"또 오겠다고."

"또 왔잖아요."

"자주 오겠다고."

"…죄송해요. 구역이 바뀌어가지고 정신이 좀 없었어요."

"뭔 연애라도 하는가? 말이 기네."

"연애라뇨. 아니에요. 그런 거."

내가 손사래를 치자 욕쟁이 할머니가 그사이를 파고들어 내게 한 방 먹였다.

"손사래까지 칠 일이냐? 쯧쯧. 그러니까 티가 난다는 거 아니냐. 순진하기 짝이 없는 놈 같으니라고."

"네?"

"연애도 한때다. 잘 하그라."

할머니는 별다른 말 없이 밥 먹기에 열중했다. 덩달아 할 말이 없어진 나는 천천히 밥을 먹으며 내가 정말 그를 좋아하는게 맞는지, 우리 사이에 호감이라는 게 있는 건지, 내가 지금 썸이라도 타는 건지 진지하게 고민하기 시작했다. 하지만 그 어떤 질문에도 명쾌한 답을 할 수가 없이 아직이라는 단어만 머릿속을 맴돌았다. 그럼에도 내 마음이 분홍빛으로 물들어가고 있는 것을 더는 모른 척할 수 없었다.

"여기 또 기어 올 생각하지 말고 니 일이나 잘해라."

내가 돌아서서 인사를 하려고 하자 욕쟁이 할머니는 문을 확 닫고는 안으로 들어가버렸다.

'한 입으로 두말하시네. 아까는 자주 온다는 약속 지키라고 해놓고는.'

나는 부루퉁한 표정으로 고개를 절레절레 흔들고는 시간을 확인하고 계단을 날 듯이 얼른 내려가기 시작했다.

'올 때가 됐는데….'

시간에 맞춰 간신히 도착한 나는 옷매무새를 가다듬었다. 접이식 거울을 꺼내 들여다보며 부스스한 머리도 한 번 더 만졌다. 그때 멀리서 익숙한 실루엣이 다가오는 게 보였다. 그였다. 오늘도 돈 300원을 들고 요구르트를 사기 위해 나타난 거다. 나는 두근대는 가슴을 가까스로 진정시키며 여전히 멀리 있는 그를 향해 손을 흔들었다. 그는 통화 중인 모양이었다. 손 흔드는 나를 발견하고 어정쩡하게 손을 흔들어 답을 했다. 가슴이 더 세차게 쿵쾅쿵쾅 뛰기 시작했다.

"오늘도 나오셨네요?"

"요구르트 먹어야죠. 이거 안 먹으면 속이 더부룩해요."

"주신 의자 아주 잘 쓰고 있어요."

"엇, 근데 안 꺼내셨는데요? 쓰시는 거 맞아요?"

그가 장난스럽게 눈을 뜨며 말했다. 나는 그 말에 안절부절못하며 변명을 늘어놓기 시작했다.

"제가 아까 예전 구역에 다녀와서요. 지금 막 도착해서 일을 시작하는 바람에 의자를 아직 못 꺼냈어요. 호호호."

나는 얼른 그가 준 의자를 꺼내 펼쳤다. 그는 작게 웃었고 우리는 소소한 대화를 이어나갔다.

그때였다. 대화의 흐름이 순식간에 바뀐 것은.

그에게 전화가 한 통 왔다. 그는 아주 조심스레 전화를 받더니 쩔쩔매기 시작했다. 구부정하게 하게 서서 연신 고개를 조아렸다. 상대가 누구인지는 몰라도 편한 대화 상대는 아닌 듯했다.

"출석이요? 해야죠. 해야 하는 거죠?"

중간중간 법률 용어도 들렸다.

"아니, 제가 일부러 그런 게 아니라요…."

"근데 제가 맞나요? 전화 잘못 거신 거 아닌가요?"

나는 심각해지는 통화 내용에 걱정이 되어서 그에게 입 모양으로 무슨 일이냐고 물었지만, 그는 손을 입가에 대고서는 조용히 하라는 제스처를 취하고는 콩콩이에서 멀찌감치 떨어져 대화를 이어나갔다. 이상한 일이었다. 통화를 하는 잠깐 사이에 그는 아까 보인 생기를 모두 잃었다. 그는 통화를 이어가며 나에게 인사도 하지 않고는 다급하게 자리를 떴다. 그를 이대로 그냥 보내면 안 될 것 같았다. 나는 조금 망설이다가 얼른 콩콩이 위에 놓아둔 내 명함 한 장을 들고 그의 뒤를 쫓았다. 벌써 멀어진 그를 힘껏 달려 잡아 손에 명함을 쥐어주고는 손을 흔들며 멀어졌다.

나는 그의 뒷모습이 완전히 사라질 때까지 우려 섞인 표정으로 바라만 보고 있었다. 무슨 일이 생긴 건 분명한데 그걸 캐물을 명분도, 시간도 없었다. 내게 연락을 하기를 그저 바라는 것 말고는 내가 할 수 있는 건 아무것도 없었다. 주섬주섬 짐을 정리했다.

평소보다 일찍 퇴근하자 점장님이 무슨 일 있냐며 물어왔지만 나는 대답을 하는 둥 마는 둥 하고서는 퇴근했다. 집에 도착하자마자 냉장고 한쪽에 고이 모셔놓은 자몽 하이볼 한 캔을 꺼내 허겁지겁 들이켜고는 금세 곯아떨어졌다.

한 줄기 빛이 되어줄게

그가 내 인생에서 사라진 지 벌써 두 달이 되어간다. 두 달 동안 밤톨 머리를 한 남자가 지나갈 때마다 흠칫거렸고, 비슷한 옷차림새만 보아도 드디어, 하며 기대가 차올랐다 거품처럼 꺼지기를 반복했다. 하지만 이제는 희망 고문을 멈추기로 했다.

이 일을 하다 보면 멀쩡히 배달받으며 이야기하고, 오가며 반갑게 인사하던 사람들도 어느샌가 사라지곤 하는 경험을 종종 한다. 그냥 아무런 말도 없이 가버린다. 그럼 나는 조금 서운해하다가, 금세 잊는다. 원래 없었던 사람인 것처럼. 그러니 그도 다른 사람들과 크게 다르지 않을 것이다.

내가 할 수 있는 건, 그에게 좋은 일이 있어서 어딘가 바삐 가야 했다고 생각하는 것뿐이었다. 취업이 되었겠지, 어쩌면 외국으로 갔을지도 몰라. 낯선 언어를 배우고 낯선 환경에 적응하는 건 보통 일이 아니니까 엄청 바쁘겠지. 요구르트 같은 건 나한테서 사지 않아도 아무 상관 없으니까⋯. 그런데도 가슴 한쪽이 먹먹해지는 기분을 감출 수가 없었다. 여사님들도 나의 변화를 눈치챈 듯했다.

"아니, 요새 왜 이렇게 기력이 없어? 우리 지점의 빛이 왜 이런데."

서계동 여사님은 맥반석 달걀을 세 개나 내 손에 쥐여주며 말했다. 남계동 여사님은 그 모습을 걱정 어린 눈빛으로 바라보았다.

"아이고, 무슨 일은요. 근데 제가 언제부터 지점의 빛이 되었대요? 반짝반짝?"

나는 반짝이는 손동작을 해 보이며 애써 밝은 표정을 지어 보였다. 하지만 여사님들의 연륜을 속이기란 역부족이었다.

"저, 여울 님. 할 이야기가 있는데 잠깐 시간 좀 내주세요."

그때 이제 막 신입 딱지를 뗀 점장님이 다가와 내 귓가에 조용히 속삭였다. 양손을 비비며 조심스럽게 말을 건 것으로 봐서는 뭔가 어려운 부탁을 하려는 듯했다. 갑자기 몸에 힘이 들어가며 긴장이 되었다.

'또 구역을 바꾼다는 이야기인가? 아님 대타 뛰어달라는 이야기? 그것도 아니면…. 설마 그만두라는 이야기는 아니겠지?'

슬그머니 겁이 났다. 나는 도리질을 치며 애써 나쁜 상상을 떨쳐냈다.

"별건 아니고요. 실은 주민센터에서 연락이 왔는데…. 협조 요청이 들어왔어요. 새로 시행하는 복지 사업인데, 구역 내 자립 준비 청년들에게 배달을 해줬으면 하더라고요. 물론 물품에 대한 비용은 다 예산 안에서 처리가 되고요. 근데 단순히 배달만 하는 게 아니라 좀 안부도 물어봐줬으면 하는 것 같더라고요. 제가 다른 분도 생각해봤는데 아무래도 여울 님이 비슷한 또래기도 하고 이런 일을 잘할 것 같아서 부탁 좀 드리려고요. 손이 많이 가고 귀찮은 일이 될 건 아는데…."

지난 못돼먹은 점장과는 다르게 저자세로 부탁을 하는 그의 모습이 안쓰럽게 여겨졌다. 듣자 하니 실적에 큰 도움이 되는 일은 아닌 것 같았고, 시간도 많이 잡아먹을 게 틀림없었다. 하지만 이렇게 부탁해 오니 나로서는 거절하는 게 쉽지 않았다. 그때 그가 내 마음이라도 읽었는지 한마디 더 보탰다.

"힘들고 번거롭겠지만, 분명 여울 님에게도 좋은 경험이 될 거예요."

결국 나는 고개를 끄덕이며 수락을 해버렸다. 점장은 안도의 한숨을 크게 내쉬며 내게 악수를 청해 왔고 나는 그 손을 잡고 크게 세 번 흔드는 것으로 확답을 했다.

"안녕하세요, 사회복지사 김민영이에요. 점장님한테 연락처 받아서 이렇게 연락드리게 되었습니다. 통화 가능하세요?"

그날 오후 담당 사회복지사님에게서 연락이 왔다.

"네, 안녕하세요. 말씀 들었습니다. 제가 담당하기로 했어요."

"정말 감사합니다. 이번에 새롭게 시행되는 사업이라 사실 직접 찾아 뵙고 설명도 드렸어야 했는데, 점장님 통해서 인사를 대신 드리게 되었어요."

"네, 괜찮습니다."

"제가 듣기로는 굉장히 젊으시다고요."

"아…. 20대입니다."

"아이고, 그럼 저희 일에 딱이시네요. 앞으로 잘 부탁드리겠습니다. "

"네, 저도 열심히 하겠습니다. 배달은 언제부터 시작하면 될까요? 그리고 안부도 확인했으면 하신다고 들었는데요. 어떻게 하면 되는 걸까요?"

"네, 제품 배달해주시면서 얼굴 확인하시고 간단한 몇 가지만 확인해주시면 돼요. 식사는 하셨는지, 불편한 곳은 없는지 물어보시고 서명만 받아주시면 됩니다. 양식이 따로 있어서 거기에 간단한 코멘트 남겨 제출하시면 되고요. 괜찮으실까요?"

"하기로 했으면 해야죠. 알겠습니다."

"메일로 관련 내용 정리해서 보내드리고 문자 남겨드릴게요. 다시 한번 동참해주셔서 너무 감사드립니다!"

전화를 끊고 나니 예상보다도 더 귀찮은 일이 될 수도 있겠다는 생각이 들었다. 점장이 왜 젊은 나를 골라서 부탁을 했는지도…. 하지만 이왕 하기로 했으니 무를 수 없다고 생각하며 후회는 머릿속 저편으로 미뤄두기로 했다.

여울 님, 저는 사회복지사 김민영입니다. 다시 한번 감사드려요. 관련 서식은 메일로 보내두었으니 확인 부탁드립니다….

문자를 받고선 메일을 확인하니 몇 가지 파일이 첨부되어 있었다. 그걸 보는 순간 한숨이 절로 나왔다. 간단한 코멘트만 적으면 된다고 했는데, 막상 서식에는 A4용지 반 장 분량으로 그날의 동태를 자세히 적어야 하는 칸이 있었다.

안색이 좋아 보인다. (1점부터 5점)

식사했다. (O, X로 기록)

나눈 대화를 자세히 기록하여 주시고 특이점이 있으면 남겨주세요.

'이걸 다 어떻게 하라는 거야.'

그간 배달 일을 해오면서 나름대로 경험이 쌓인지라 별거 아니라 생각하려고 해도 그게 잘되지 않았다. 하지만 이왕 하기로 한 거 일단 기분 좋게 해보자며 마음을 고쳐먹었다. 프린트한 서식을 투명 파일에 담아 가방에 넣었다. 내일부터 이 일을 시작할 생각을 하니 잠이 오질 않았다. 처음 만나는 자립 준비 청년들에게 어떤 말을 어떻게 해야 할지 감이 오지 않았다. 모든 게 막막했다.

'내일 생각해. 일단 자자.'

나는 깊은 잠 속으로 빠져들었다.

"안녕하세요!"

"왔어?"

서계동 여사님은 오늘은 차가운 두유와 메추리알 다섯 개를 내게 내밀었다.

"어떻게 이렇게 다 예쁘게 까셨어요? 아이고, 잘 먹겠습니다."

"그거 손때 묻었으니까 잘 닦고 먹어!"

뒤에 서서 두유를 먼저 먹고 있던 동계동 여사님이 농을 던졌다. 나는 손을 저어 보이고는 메추리알을 먼저 먹고 두유를 마시기 시작했다. 시원한 목 넘김에 기분이 절로 좋아졌다.

"덕분에 배도 든든하고 기분도 좋아져서 출발합니다, 여사님!"

오늘부터 시작하는 새로운 배달은 위에 좋다는 건강 음료 하나씩, 총 세 집이었다. 품에는 미리 준비한 기록 서식을 챙겼다. 보통 배달을 하면 한 집에 10초도 채 걸리지 않지만, 이 배달에는 한 집에 10분씩은 잡아야 할 것 같았다. 귀찮고 시간은 걸리겠지만 날 만나는 게 어쩌면 유일한 사람과의 접촉일지도 모르니까.

배달 구역에 도착했다. 저편에 보이는 언덕 위 아파트 쪽으로 손을 흔들어 보이고, 멀리 보이는 천사마을에도 손 키스를 날려 보냈다. 이건 내가 매일 아침 거행하는 의식이다. 오늘도 무사히 모든 집에 내가 기운을 불어넣은 제품들이 잘 도착하기를 기원하며 치르는 나만의 의식.

"안녕하세요!"

"아이고, 오늘도 일찍부터 배달하시는구먼! 수고하세요."

"네, 수고하세요!"

입구에 마주친 경비아저씨와 인사를 나누고 이른 출근 준비를 마친 주민들과도 눈인사했다. 복도식 아파트 1560세대. 이 근방에서는 가장 큰 규모다. 복도의 끝에서 끝까지, 한 층만 도는 데도 꽤 오랜 시간이 걸리는 이곳. 청년 가구와 노인 가구가 절대적으로 많은 단지다. 나는 층마다 내려 유제품을 가방에 넣어두고는 발걸음을 재촉했다. 오늘부터는 조금 더 일이 많아졌으니 서두르지 않으면 길거리 판촉 행사까지 하기는 어려울지 모른다. 부산스럽게 발길을 옮겨 모든 집에 배달을 마쳤다. 나는 결연한 마음으로 새로운 목적지로 출발했다.

나는 재차 주소를 확인하고는 조심스럽게 문을 두드렸다.
"계세요? 요구르트 배달 왔습니다."
그렇게 몇 번을 두들기자 오늘의 첫 주인공이 모습을 드러냈다. 단발머리를 한 소녀. 나와 그렇게 나이 차이가 나지 않는 듯한 모습. 나를 보고는 깜짝 놀란 듯했다.
"아, 오셨어요?"
"우선 이거 받으시고요. 식사는 하셨나요?"
나는 일부러 물어보는 티를 내지 않으려 노력하면서 자연스럽게 질문을 던졌다.
"아, 네⋯."

"저는 간단하게 두유랑 메추리알 먹었어요. 저희 대리점에서 같이 일하는 여사님이 매일 싸 오셔서 나눠주시거든요."

"…네."

괜히 내 이야기를 길게 했다 싶었지만 이미 엎질러진 물이었다.

"건강은 하시지요?"

"네?"

머릿속이 순간 하얘졌다. 어르신들과 농담 따먹기는 곧잘해 놓고 막상 자연스러운 대화를 너무 의식해서인지 어색한 질문이 나도 모르게 튀어나왔다. 뭘 어떻게 해야 자연스럽게 대화를 이어갈 수 있을지 감이 오질 않았다. 그래서 그냥 솔직하게 고백하기로 했다.

"저 실은, 이거 배달을 해드리면서 어떻게 지내시는지 확인을 해야 하는데, 제가 오늘이 첫날이고 여기가 첫 집이라 어떻게 말씀을 드려야 할지 감이 잘 안 와요. 앞으로 제가 매번 올 텐데요. 그냥 부담 없이 근황 이야기해주시면 제가 잘 전달하겠습니다. 잘 부탁드립니다!"

내가 배꼽 인사를 해 보이자, 그녀가 웃었다.

"네, 저도 잘 부탁드립니다."

그러면서 동시에 나처럼 배꼽 인사를 해 보였다. 역시 차라리 솔직한 게 낫구나 싶었다. 그렇게 첫 집 배달에 성공하고서는 다음 집으로 발길을 옮겼다.

이곳은 원룸촌이라고 불리는 곳이라 젊은 청년들의 거주 비율이 절대적으로 높았다. 그래서 배달 계약도 뜸해 자주 오지 않는 곳이기도 했다. 두 번째 집은 행운빌라 303호. 구축 빌라라 엘리베이터는 없었다.

"안녕하세요, 요구르트 배달 왔습니다."

크게 외쳤지만 돌아오는 대답은 없었다. 아무도 없나? 나는 재차 외쳤다.

"안녕하세요! 요구르트 배달 왔습니다."

"앞에다 두고 가주세요."

조그마한 목소리가 현관문을 타고 넘어왔다.

"저, 선생님. 그냥 제가 배달만 하면 되는 게 아니라서요. 잠깐 얼굴 좀 뵐 수 있을까요?"

"제가 지금 나갈 형편이 안 되어서요."

나는 잠시 갈등했지만 채워야 할 서식이 머릿속에 아른거렸다. 뭐라도 한 줄 쓰려면 얼굴을 꼭 봐야 했다.

"선생님, 진짜 잠깐이면 됩니다. 얼굴 잠깐만 뵙고 갈게요! 제가 서명을 받아야 해서요."

그 말에 거절 대답은 돌아오지 않았다. 나는 속으로 안도의 한숨을 쉬었다.

"네…."

머리에 까치집을 잔뜩 진 한 청년이 문 걸쇠 사이로 얼굴만 빼꼼 내밀었다. 급하게 마스크를 착용한 상태였다.

"네, 선생님, 오늘부터 요구르트 배달을 담당하게 된 김여울이라고 합니다. 꼭 직접 만나 뵙고 여쭤야 하는 것이 있어서요. 여기 서명도 해주셔야 하고요."

"네…."

"원래는 제가 몇 가지 항목을 질문하고 체크해야 하는데, 솔직히 질문이 너무 딱딱해서요. 말씀하시기 불편하시면 여기 직접 체크해주시겠어요?"

나는 서식과 볼펜을 내밀었고 그는 그걸 받아 읽어보더니 빠르게 체크를 해 내려가기 시작했다.

"다음에 시간 되시면 조금이라도 말씀 나누면 좋을 것 같아요. 좋은 하루 되세요!"

나는 그렇게 요구르트를 전달하고는 아래로 서둘러 내려왔다. 이제 한 집 남았다.

'다시 여기구나.'

내가 판촉 행사를 자주 하던 아파트였다. 노인 가구와 청년 가구 비중이 5:5 정도 되는 곳. 작은 평수 위주에 30년 이상 된 아파트라 비교적 집값이 저렴한 이곳.

'여기만 하면 이제 끝이다.'

나는 그렇게 되뇌며 마지막 목적지 1501호로 향했다.

비켜 나간 죽음

이 느낌을 설명하긴 힘들었다. 발이 너무 무거웠다. 마지막 집이어서 그랬을까? 아닌데. 원래 마지막 배달을 갈 때면 오히려 홀가분해 몸도 마음도 가뿐했는데. 알 수 없는 불안함과 찝찝함이 온몸을 휘감았다. 애써 그 감정을 떨치고서는 서둘러 15층으로 향하는 엘리베이터를 탔다. 엘리베이터 속 공기가 유난히 서늘하다는 생각을 하며 나는 팔을 둘러 몸을 감싸 안았다.

'이상하네….'

묘하게 습하고 찼다. 나는 몸을 부르르 떨며 갑작스러운 오한을 떨쳐내려 애를 썼다.

땅. 엘리베이터 문이 열리자 나는 한쪽 바닥에 내려놓았던 제품과 서식을 들고 재빨리 목적지로 향했다. 기다란 복도 끝 마지막 집이었다. 어둡고 좁은 복도에는 저마다 짐을 내놓아 지나가기가 쉽지 않았다. 마침내 배달할 집 문 앞에 도착한 나는 문을 세차게 두드릴 요량으로 손을 들었다. 그때였다. 집 안에서 이상한 소리가 흘러나온 게.

"끅끅. 컥컥."

누군가 괴로워하는 소리였다. 소리는 아주 살짝 열린 창문에서 흘러나왔다. 어떻게 해야 할지 몰라 주저하다가 열린 창문 틈으로 다가가 안을 들여다보았다. 눈앞으로 허공에 매달린 몸뚱이 하나가 흔들리는 게 보였다.

나는 무의식적으로 튀어나온 비명을 어쩌지 못하고 놀라 손으로 입을 막았다. 다시 한번 눈을 크게 뜨고 앞에 펼쳐진 상황을 보며 이해하려 애썼다. 복도 쪽으로 난 작은 방이었다. 방 한가운데에 끈 같은 게 전등에서 내려와 있었고, 거기에 매달린 사람이 보였다. 목을 죄는 끈을 붙잡고 청년은 얼굴이 빨개진 상태로 끈 사이에 손을 넣어 어떻게든 몸을 빼내려 하고 있었지만, 역부족인 듯싶었다. 바닥에는 딛고 올라간 듯한 낮은 의자가 뒹굴고 있었다.

"괜찮아요? 아니, 제가 도와줄게요."

나는 다급하게 물었지만 청년은 자신의 목을 조여오는 굵은 밧줄과 싸우느라 정신이 없었다. 한시가 급했다. 나는 문을 열어달라고 소리를 고래고래 질렀다.

"문 좀 열어봐요. 아니, 문 열 수가 없죠? 번호 좀 알려주세요. 제가 들어갈게요!"

그는 간신히 입을 열어 답했다.

"5…, 5130."

나는 키패드를 빠르게 눌렀다. 마음이 급해 번호 하나를 잘못 입력하는 바람에 다시 눌러야 했다. 결국, 삑 하는 소리와 함께 문이 열렸고 나는 바람처럼 달려 들어가 청년이 있는 작은 방의 문을 벌컥 열었다.

꿈에도 상상해본 적 없는 상황이라 넋이 나갈 것 같았지만 애써 정신을 다잡으려 애를 썼다. 본능적으로 남자의 다리를 받쳐 들고 낑낑거리는데, 저편에 쓰러진 의자가 눈에 들어왔다.

"잠시만요! 정말 잠시만요!"

나는 청년의 다리를 한 팔로 안아 든 채 재빨리 허리를 숙여 의자를 다시 세워주었다.

"발이 닿지요?"

그가 새빨개진 얼굴을 번쩍 들고 다리를 쭉 뻗으니 그제야 발가락이 의자에 닿았다. 온몸의 힘을 다 써버려 간신히 목에

묶인 밧줄을 풀고는 바닥으로 쓰러지듯 주저앉은 그의 얼굴을 자세히 본 나는 아까보다 더욱 놀란 마음으로 입을 틀어막았다. 나는 그와 눈을 마주치지 않으려 시선을 회피하며 물었다.

"괜, 괜찮으신 거죠? 119 불러야 하나요?"

나의 눈동자가 몹시도 흔들리고 있을 게 뻔했다. 그 역시도 나와 눈을 마주치지 않으려 애를 쓰며 고개를 다리 사이에 파묻고는 아주 작은 소리로 대답했다.

"아니요. 괜찮습니다."

나는 잠시 망설였다. 그를 아는 체 할지 말지를. 내게 갑작스러운 상실의 아픔을 주고 사라진 사람. 내게 일을 하며 처음 느낀 소중한 친절을 베푼 사람. 함군이었다. 두 달 전까지만 해도 나를 매일 찾아왔던 300원짜리 요구르트 청년. 짧은 시간 오만 가지 감정을 마주한 나는 어떤 말을 해야 할지, 어떤 표정을 지어야 할지 도무지 알 수 없어 그저 얼어 있었다.

'아는 척을 해야 하나? 아님 그냥 나가버릴까?'

어떻게 해야 그를 배려할 수 있을까 고민했지만 막막하기만 했다. 하지만 한 가지는 분명했다. 그를 이대로 그냥 두고 갈 순 없다는 것. 또다시 이런 위험한 짓을 할지도 모르니까. 그런데 가만 생각해보니 이상한 일이었다. 죽을 사람이 창문을 열어놓고 목을 맨다니. 나는 그의 마음을 헤아려보려고 애를 썼다. 그러다 결론을 내렸다.

'마지막 순간까지 알아봐줄 사람을 기다린 거야.'

나는 어렵사리 입을 떼 말을 걸었다.

"저, 괜찮으신 거 맞죠? 이렇게 그냥 가면 안 될 것 같아서요. 저 혹시 기억하세요?"

내 말에 그는 잠시 뜸을 들이더니 파묻었던 고개를 들고 끄덕였다. 그는 울고 있었다. 나는 물 한 잔을 받아서 그에게 내밀었다.

"천천히 마셔요."

그의 목 주변은 몸부림으로 인해 여기저기 상처가 나 있었다. 그는 아직도 손을 벌벌 떨고 있었다. 나는 컵의 바닥을 손으로 받친 채로 그가 편하게 물을 마실 수 있게 도와주었다. 끝까지 다 들이킨 후 그가 울먹임과 창피함이 뒤섞인 목소리로 말했다.

"죄송해요. 이런 모습 보여서."

그러고는 다시 무릎에 고개를 파묻고 한참을 울기 시작했다. 나는 그 옆에서 들썩이는 등을 가만히 쓸어내렸다.

"실은 오늘 저 부탁받고 왔어요. 자립 준비 청년분들 요구르트 배달해드리고 안부를 묻는 일을 하고 있거든요. 마지막 집이 경인 씨 집이었고요. 그간 이름도 몰랐네요."

"…최경인입니다."

그는 그제야 약간 정신이 든 얼굴로 어색하게 말했다.

"죽으려고 했어요."

"알아요."

"왜냐고는 안 물어보세요?"

"왜인지 안 물어도 그 마음은 이해가 가서요."

"너무 힘들었어요. 가진 돈도 다 잃고, 더는 살 수 없다고 생각했어요."

"저도 그런 적 없다고는 말 못 해요. 하지만 끝처럼 보여도 끝이 아닌 경우가 많았어요. 도움받으려고는 해보셨어요?"

그는 고개를 세차게 흔들었다.

"제가 멍청해서 사기당한 거라 어디 말도 못 해요. 그런 말을 어디에다 하겠어요."

"…그 마음 제가 다 알진 못해도 속상하고 힘든 건 알 것 같아요. 혹시 그럼 이 집도?"

"아니요…. 이 집 보증금이 마지막이에요. 월세를 못 내니 그것도 까먹고 있지만."

"일단 맘 굳게 먹으시고요. 제가 도움받을 곳이 있는지 사회복지사 선생님께 여쭤볼게요."

그 말을 하자 그의 얼굴을 타고 굵은 눈물이 흘러내리기 시작했다.

"막막해요."

"…."

울음 섞인 그 말에 나는 아무런 대답도 할 수 없었다. 그저 그의 둥근 등을 계속 쓸어내려줄 뿐이었다.

"오늘 제가 여기에 온 이유가 있다고 말씀드렸잖아요. 지금 꼭 해야 하는 건 아니지만, 그래야 도움 될 것 같아요. 제가 몇 가지 질문을 드릴 건데 대답해주실 수 있을까요?"

그는 약하게 고개를 끄덕였다.

"식사하셨어요, 오늘?"

그 말을 하며 나는 결국 눈물을 터뜨렸다.

"아니요."

"그럼 공복에 그러신 거예요? 밥도 안 먹고?"

내 말이 점점 이상해지기 시작했다.

"죽을 사람이 밥은 왜 먹어요…."

그 역시 울음을 참고 간신히 대답했다.

"이제 됐어요. 필요 없어요."

나는 그를 억지로 일으켜 세웠다. 그를 이 집에 혼자 둘 수 없었다. 나갈 채비를 하라고 그의 등을 떠밀었다. 겉옷을 주워 입는 그를 기다리는데, 창 틈에 끼인 쪽지 하나가 눈에 들어왔다. 나는 그걸 얼른 집어들어 주머니에 넣고는 그와 함께 밖으로 나섰다.

"여기가 제일 맛있는 집이에요. 제가 콩나물국밥을 엄청 좋아하거든요."

1인 가구가 제일 많이 거주하는 동네답게 한 끼를 저렴하게 해결할 수 있는 콩나물국밥집이 많았다. 그중에서 내가 제일 맛있다고 생각하는 집으로 그를 데리고 들어갔다. 신발을 벗고 올라앉아 내 멋대로 콩나물국밥을 두 개 주문했다. 여전히 고개를 푹 숙이고 있는 그 앞에 수저와 젓가락을 놓아주고 물도 따라주었다. 그는 그때마다 고개를 살짝 들어 꾸벅이고는 다시 죄인처럼 고개를 푹 숙였다. 나는 괜찮다고 말하려다 그냥 내버려두었다. 다행히 음식이 빨리 차려져 어색한 분위기가 오래 이어지지는 않았다.

"이거 깨서 넣어 드시는 건 아시죠?"

무슨 일이 벌어졌었는지를 알 리 없는 식당 이모의 말에 둘은 대답도 못하고 그저 고개만 주억거렸다. 나는 능숙하게 날달걀을 깨서 콩나물국밥에 넣고는 잘 섞어 한술 떴다. 두어 번 숟가락질하자 그가 따라 하기 시작했다.

"저, 혹시 모주 한잔하실래요?"

"모주요?"

그가 힘없이 대답했다.

"원래 콩나물국밥에는 모주거든요. 이게 전주에서 먹는 막걸리 같은 건데 맛이 꽤 괜찮아요. 한잔해요. 속이 뜨뜻해지게."

나는 그의 대답을 듣지도 않고서는 모주를 주문했다. 이내 주전자 한 통 가득 담겨 나온 술을 보고 놀라 얼른 내가 물었다.

"저, 혹시 한 잔씩은 안 파세요?"

"우리는 그렇게는 안 파는데. 이거 이래 봤자 몇 잔 안 나와요. 이게 훨씬 싸. 다른 집은 요 한 잔에 3천 원인데 우리는 이 한 통에 9천 원 받아. 손님들 입장에서는 완전 이익이지. 그냥 드셔, 언니야."

"네…. 알겠습니다."

우리는 결국 꼼짝없이 이 한 통의 술을 같이 다 비워야 했다. 잔에 모주를 한가득 따라 그 앞에 먼저 놓아주었다. 경인은 잔을 자신의 앞에 끌어다두고는 나를 기다렸다. 나 역시 가득 술을 붓고는 잔을 양손으로 감싸 쥐었다. 고개를 들어 앞을 봤더니 그가 나의 눈치를 보고 있었다.

"그냥 천천히 마셔봐요."

그는 조심스레 잔을 입에 가져다 댔다. 그 모습을 보고 나도 꿀꺽꿀꺽 술을 넘겼다. 이내 온몸에 따뜻한 기운이 도는 게 느껴졌다. 그의 빈 잔을 다시 채워주고는 내 잔도 채우려는데, 그가 내 손에서 주전자를 뺏어 들고 내 잔을 대신 채워주었다. 당황한 나는 손으로 얼른 잔을 받쳐들었다.

"맛 어때요? 제법 잘 어울리죠?"

"네, 괜찮네요. 딱 이렇게 같이 먹어야 할 것 같은 조합이네요."

그는 한 손으로 입가를 닦으며 엷은 미소를 지었다. 조금 안도한 나는 다시 그의 잔을 채워주었다.

"아, 또 저러네!"

그렇게 한 잔 두 잔 비워갈 무렵, 사장님이 크게 화를 내며 계산대에서 일어났다. 가게 앞에 주차한 봉고차 때문인 것 같았다.

"사장님, 왜 그러세요?"

"이렇게 차를 대면 우리 가게가 안 보이잖아. 저놈 아주 상습범이야. 자기도 여기 옆에서 장사하면서 자기네 가게에는 안 대고 꼭 우리 가게 앞에 대잖아."

"아이그…. 어쩐대요."

사장님은 쏜살같이 가게를 빠져나가 손으로 차 보닛을 두드리며 소리를 치기 시작했다.

"저기여! 저기여!"

그러자 정말 옆 옆 가게에서 아저씨가 나오더니 짜증을 내며 불편한 기색을 내비쳤다.

"뭐 하는 거예요?"

"진짜 차 이렇게 댈 거예요? 빨리 빼. 나 가만히 안 있어."

사장님은 결코 물러섬이 없었다. 둘의 실랑이를 가만히 지켜보고 있는데, 경인이 말문을 열었다.

"저, 봉고차 너무 싫어해요."

"왜요?"

"이런 이야기 해도 되나? 모르겠다, 술 먹어서 그런가…. 제가 중고등학교 다닐 때는 보육원 애들끼리 봉고차를 타고 등하교를 했거든요. 우리끼리는 학교 안에서 만나도 아는 척하지 않고 각자 따로 놀았는데, 그렇게 차를 타고 다니는 걸 저희 반에 어떤 애가 봤나 봐요. 다음 날에 소문이 쫙 났더라고요. 급식 먹는데 나쁜 애들이 저 보고 '봉고 왔다, 봉고 왔어!' 이러더라고요. 그게 너무 싫었는데, 또 학교에 가려면 안 탈 수도 없고. 결국 다른 애들과는 못 섞이고 우리 보육원 애들끼리 떨어져 나올 수밖에 없었어요. 다른 애들이랑 섞여서 지낼 수가 없게 된 거죠. 그래서 그런지 봉고차는 정말 타기 싫어요. 꼴 보기도 싫고요."

말을 마친 그는 모주를 한 잔 더 들이켰다. 나는 어떻게 대꾸해야 할지 몰라 그저 술잔만 바라보고 있다가 덩달아 원샷을 하고 말았다.

"저… 한순간에 빈털터리가 됐어요. 아끼면서 열심히 모은 돈이었는데, 그 2600만 원이 제 전 재산이었는데, 보이스피싱으로 한순간에 다 잃었어요. 검사라고 하더라고요. 제가 온라인에 무슨 댓글을 남겼는데 신고가 되었대요. 근데 전화를 절대 끊지 말고 묻는 대로 답하지 않으면 큰일 난다고 겁을 주는 거예요. 처음 겪는 일이라 시키는 대로 하다 보니 통장 비밀번호랑 신분증까지 다 넘겼어요. 머지않아 제 이름으로 여기저기서 대출을 받았다는 연락이 왔어요. 얼마 없는 통장 잔액도 다 털렸고요. 솔직히 제가 그간 모은 돈만 다 털렸으면 그나마 나았을지도 몰라요. 근데 어디서 얼마나 대출을 받았는지 모르니 앞으로 날아올 고지서도 걱정되고, 어디부터 손을 대야 할지 모르겠어서 너무 막막해요. 그래서…. 그래서…."

그의 말에 물기가 배어 나오기 시작했다. 나는 괜찮다고 손을 내저으며 다시 한번 그를 안심시켰다.

"보육원에서 형제처럼 지낸 형 누나들한테 연락해볼까 생각해봤어요. 그런데 쉽게 입이 안 떨어지더라고요. 좋은 일도 아닌 걸로 오랜만에 연락해서 괜히 걱정 끼치는 것 같고…. 그리고 무엇보다 그런 사기를 당한 내가 너무 바보 같아요. 너무 바보 같고, 밉고 싫고 그래요…."

"그러지 말아요. 자책하지 마요. 일단 나한테 말해줘서 고맙

고요. 내가 도움이 될 수 있는 일이 있다면 뭐든 할게요. 괜찮아
요. 이제 괜찮아질 거예요."

내 말에도 물기가 함께 배어 나왔다.

우리는 그렇게 모주 한 통을 다 비웠다.

"좀 걸어요. 지금 집으로 바로 들어가기 그렇잖아요."

그냥 집에 가기에는 날씨가 너무 좋았다. 나는 단지 안에 세
워놓은 콩콩이도, 잠시 뒤에 해야 하는 판촉 행사도 잠시 잊기
도 했다. 나는 경인의 소매 끝을 잡아 끌며 산책로 쪽으로 향
했다. 그는 비틀거리면서도 나를 고분고분 따라왔다. 해사한 하
늘 위에 말간 해가 떴다. 꽃잎이 떨어지는 늦봄, 푸른 잎사귀 사
이로 온화한 빛이 내려꽂혔다. 그 풍경을 바라보며 우리는 아무
말 없이 30분이 조금 넘는 시간을 함께 걸었다. 산책로를 돌아
다시 단지 안으로 들어왔을 때, 내가 말했다.

"내일 배달하러 와도 돼요?"

"네…."

그는 흐릿하게 대답했다. 나는 웃으며 확답받았다고, 내일 꼭
오겠다고 밝게 외치며 손을 붕붕 크게 흔들어 보였다.

콩콩이를 끌고 뒤돌아 가며 나는 한참을 울었다.

내 삶은

---- /

며칠은 지옥 같았다. 절박하면서도 처절한 그의 마음이 내게 와닿아서. 갈 때마다 문이 잠긴 그의 집. 혹시나 무슨 일이 생긴 건 아닐까 걱정이 되었지만 내가 할 수 있는 일은 없었다. 내가 할 수 있는 일은 요구르트 배달뿐이다. 요구르트를 가지런히 집 앞에 놓고는 큰소리로 인사를 남기고 돌아섰다. 다행히도 갈 때마다 문 앞에는 아무것도 없었다. 누가 훔쳐 갔을지도 모르지만, 그런 생각은 하지 않기로 했다. 요구르트가 사라질 때마다 그가 요구르트를 잘 챙겨 먹으며 잘 지내고 있다고 생각했다. 나는 하루도 빠지지 않고 더 열심히 배달했다.

그를 못 본 지 다시 일주일 정도 되었을까. 나는 자기 전 옷에 묻은 얼룩을 지우기 위해 벗어놓은 재킷을 손으로 조물거리며 빨고 있었다. 그때 바스락거리는 물체가 만져졌다. 정신이 없어 까맣게 잊고 있던 쪽지 하나. 나는 재빨리 거품이 묻은 손을 바지에 닦고 쪽지를 펼쳐 읽어 내려가기 시작했다.

미안합니다. 제가 이렇게 가서 피해를 끼치는 게 아닌지 모르겠습니다. 죄송합니다.

나는 그대로 바닥에 주저앉았다. 주체할 수 없이 몸이 떨려왔다. 편지를 든 채로 머리를 감싸 쥐었다. 삶을 끝내려고 하는 사람이 남긴 편지 같은 건 난생처음이었다. 무엇을 어떻게 해야 할지 도무지 감이 오지 않았다.

"어쩌지? 이 사람을 집에서 어떻게 꺼내줘야 하지? 이 상황을 어떻게 하지?"

혼잣말하며 방 안을 이리저리 서성였다. 지난번처럼 와플을 또 구울 수도 없고, 혼자 사는 남자 집에 나 혼자 쳐들어갈 수도 없는 노릇이었다.

이 고민을 누구랑 나누지? 메신저의 친구 목록을 훑어보다가 익숙한 이름이 보였다. 청임. 청임은 여전히 매일 영화를 추천하면서, 이 영화 안 보면 인생의 낭비라고 혼자 떠들고 있었다.

"맞아! 그렇지! 청임도 방에서 오랫동안 나오지 않았으니까 그 심정을 잘 알 수도 있겠네! 근데 우리 둘만 가지고 될까? 아무래도 좀 더 연륜이 있으면서…. 욕쟁이 할머니?"

결론은 욕쟁이 할머니와 청임이었다. 왠지 두 사람이라면 경인을 잘 이해하고 도와줄 수 있겠다는 생각이 들었다. 먼저 욕쟁이 할머니에게 전화를 걸었다.

"뭐야? 왜?"

"할머니 좀 도와줘요. 도와주세요. 제발요."

"뭔데? 이 새벽에 전화해서 사람 놀래켜?"

"사람 하나가 죽으려고 해요. 아니, 죽으려고 했어요. 사기를 당했대요. 도와줘야 해요. 살려야 해요."

"네가 사기당한 건 아니고? 돈 달라는 건 아니지?"

역시나 의심이 많은 욕쟁이 할머니는 그냥 넘어가는 법이 없었다.

"그게… 설명하자면 길어요. 부모님이 안 계신 친구인데 사기를 당해서 집에 박혀 안 나와요. 집 밖으로 꺼내줘야 해요. 할머니, 도와주세요. 나 혼자로는 역부족이야."

"알았어. 어딘지 주소 보내라."

"네."

나는 서둘러 그의 아파트 단지 주소를 찍어 문자로 보냈다. 그리고 이번에는 청임에게 도움을 청했다.

청임, 자? 나 좀 도와줘. 우리 도움이 필요한 사람이 있어.

10분 정도 지나자 청임에게서 메시지 대신 전화가 왔다.

"어딘데? 콩순이 데리고 갈게."

"내일, 아니 오늘인데 올 수 있어? 무리하는 거 아니야?"

"회사엔 급한 일 있다고 하고 가면 돼. 걱정하지 마."

청임과의 통화를 마치자 한숨 돌릴 수 있었다. 나는 그제야 침대 위로 몸을 던졌다.

"참! 사회복지사 선생님한테도 연락해야지. 피해 구제 받는 방법을 아실 수도 있을 테니까."

나는 벌떡 일어나 다시 휴대전화를 들었다.

"안녕하세요, 저 요구르트 배달하는 김여울이라고 합니다."

"네, 김 선생님! 이 시간에 무슨 일이세요?"

"저 다름이 아니라, 그때 주신 리스트 중에 한 분이 보이스피싱 사기를 당하셔서 도움이 좀 필요해요…."

"네? 정말요? 그분이 누구시죠?"

"최경인 씨인데요, 상황이 많이 안 좋으신 것 같아요. 피해 구제 받는 방법을 빨리 알아봐 주실 수 있을까요? 좀 급해서요."

"네, 그럴게요. 제가 빠르게 확인해보고 연락드릴게요."

"네, 감사합니다."

'이제 내가 할 수 있는 건 다 했어.'

잠을 억지로 청하려 노력했지만 잠들지 못했다. 결국 나는 뜬 눈으로 밤을 새우고는 평소보다도 1시간 일찍 집을 나섰다. 나는 돌부리에 걸려 넘어지지 않도록 신경을 쓰면서도 온통 경인 생각뿐이었다.

"왜 이렇게 빨리 왔어? 무슨 일 있어?"

"아니, 뭐야. 이렇게 빨리 올 필요 없는데."

"무슨 일 있으세요, 여울 님?"

나는 서계동 여사님과 동계동 여사님 그리고 점장님을 얼굴을 보자마자 울음을 터뜨리고 말았다. 껄껄대며 오열하는 내 모습에 그들은 깜짝 놀라 아무 말도 하지 못했다. 그저 나를 빙 둘러싼 채로 내 등을 쓸어내리며 울음을 그치기를 가만 기다려 주었다.

"아녜요. 아무 일도 없어요. 저는 괜찮아요. 제 일이 아니라요…."

개떡 같은 말도 찰떡같이 알아듣는 서계동 여사님이 울음이 섞여 알아들을 수 없는 내 말을 집중해서 열심히 듣더니 이내 통역을 하기 시작했다.

"손님 중에 사기당한 사람이 있대요! 그 때문에 월세방에서 쫓겨나게 생겼고 알바도 그만둔 것 같대요. 집에서 은둔한대요. 일을 해결할 수 있게 도와줘야 한대요. 으이구…. 근데 왜 자기가 울어. 맘이 이렇게 약해서 어쩐대."

"근데 우리가 도울 만한 일이 있을까요? 보이스피싱범은 잡기도 어렵다던데…."

점장은 인상을 쓴 채로 진지하게 말했다.

"보이스피싱범을 우리가 어떻게 잡아? 그게 말이 돼? 그보다는 집에서 안 나온다잖아. 그걸 해결해줘야지. 다시 일하게 도와줘야지. 사람 구실을 하게."

뒤에서 묵묵히 듣고만 있던 남계동 여사님이 목소리를 높였다. 이성적인 그녀의 말에 다들 고개를 주억거렸다.

"그렇지, 나오게 해줘야지. 알바도 다시 하게 해줘야지. 근데 어떻게?"

동계동 여사님은 마시고 있던 두유를 밀쳐두고 반문했다.

"저, 실은 몇 군데 부탁해 놓긴 해서 그분들이 오늘 도와주시러 오기로 했는데요. 그래서 여사님들께서는 신경 쓰시지 않아도 괜찮은데 그냥 제가 너무 마음이 힘들어서요. 여사님들 얼굴 보니까 마음이…."

내 말에 여사님들은 다 안다는 듯 조용히 고개를 끄덕였다.

"혹시 우리가 도울 거 있음 나중에라도 말해줘. 들여다라도 볼 수 있으니까."

"구역은 다르지만 그 정도는 할 수 있지."

"그래 주시면 감사하겠습니다. 정말로 감사해요. 제 이야기 들어주셔서."

나는 팔등으로 흐르는 눈물을 훔치며 말했다. 점장은 그 모습을 가만히 보다가 안으로 들어가 증정용 상품을 한 아름 가져오더니 내게 안겼다.

"혹시 도움이 될지 모르겠어요. 여울 님, 화이팅입니다. 응원할게요."

나는 아직 물기가 가시지 않은 눈을 깜빡이며 옅게 웃어 보였다.

오늘은 배달을 어떻게 했는지 모르겠다. 정신없이 지나간 오전 배달을 마치니 어느덧 욕쟁이 할머니 그리고 청임과 한 약속 시각이 다가왔다. 나는 콩콩이를 세우고 증정용 상품을 양쪽 주머니에 한가득 넣고 단지 앞으로 향했다.

"안 뛰어?"

멀리서도 쩌렁쩌렁하게 울려 퍼지는 목소리. 천사마을 밖에서 만나니 더욱더 존재감이 커 보이는 욕쟁이 할머니가 나를 반겼다. 여전히 양손에는 빈 약수통이 들려 있었다. 그리고 그 옆에는 어색한 듯 거리를 두고 서 있는 청임과 그 품에 안겨 있는 콩순이가 보였다. 둘은 그제야 서로 얼굴을 쳐다보더니 눈인사했다.

"안녕하세요! 너무 감사해요. 여기까지 와주시고!"

나는 반가운 나머지 둘의 손을 잡아당겨 세차게 흔들었다. 우리 셋은 나를 중심으로 뭉친 어벤저스 같았다.

"아니, 뭘 이렇게 동네방네 사람들 다 불러싸? 나 필요 없는 거 아니야?"

"할머니, 그럴 리가요. 필요하죠. 제일 필요하죠. 좀 도와주세요."

"나도 반찬 쓰고 오긴 했는데 도움이 될지…."

"도움이 되지! 왜 안 되겠어! 청임 도움이 절실해. 콩순이도! 우리 콩순이, 사람 맘 녹이는 데 천재잖아."

"일단 올라가. 어떤 나약해 빠진 녀석이 집 안에 틀어박혀 있나 보자고."

욕쟁이 할머니가 앞장서 아파트 안으로 들어섰고 나와 청임이 그 뒤를 따랐다.

"여기예요."

나는 경인의 집 앞으로 그들을 안내했다. 그리고 원래 하던 대로 요구르트를 들고 문을 살살 두들겼다.

"계세요? 계세요? 요구르트 배달 왔어요. 안 계세요?"

아무런 기척이 없자 나는 들고 있던 요구르트를 바닥에 내려놓고는 양쪽에 서 있는 둘을 번갈아 살펴보았다. 그러자 욕쟁이 할머니가 나섰다. 손바닥으로 문을 내리치며 소리를 고래고래 지르기 시작했다. 옆집에서 하나둘 시끄럽다며 문을 열고 나왔지만, 할머니는 사람들의 볼멘소리에도 아랑곳하지 않았다.

"문 좀 여시오. 문 좀 열어보라고! 청년, 어이! 문 좀 열어봐."

할머니는 수십 분을 힘차게 문을 두들겼다. 그러자 이제는 옆집 목청 큰 아저씨도 우리 무리에 합류에 문을 열라고 함께 고함치기 시작했다.

"거 좀 해결해요. 나와봐요."

"이게 무슨 민폐야. 빨리 좀 나와봐요."

"나오라니까!"

"그만 좀 해요. 그만 좀 하라고. 아이, 정말. 이제 문 좀 열어줘. 제발!"

아저씨는 우리가 이상한 사람들이 아니라는 확신이 섰는지 직접 나서서 문을 두들기기까지 했다. 그렇게 다시 수 분이 흘렀다. 모두 잠시 멈추고 숨을 고르는데, 문에 귀를 살짝 대본 청임이 우리 쪽으로 고개를 돌리고는 조심스레 속삭였다.

"인기척이 있어요. 문 앞으로 오고 있는 것 같아요."

우리는 같이 숨을 죽이고 그가 문을 열길 기다렸다. 머지않아 걸쇠가 걸린 채로 문이 빼꼼 열렸다.

"저⋯."

그때였다. 4킬로그램도 채 나가지 않는 콩순이가 청임의 품을 벗어나 문틈 사이로 냅다 쑥 들어가버린 게. 우리는 깜짝 놀라 소리쳤다.

"콩순아!"

놀란 건 우리뿐만 아닌 듯했다. 경인도 어쩔 줄 몰라 하다가 거실까지 침투한 콩순이를 잡으러 안으로 도로 들어갔다. 걸쇠가 걸린 문틈으로 그 모습을 우리 모두 지켜볼 수 있었다. 하지만 한참을 숨바꼭질해도 콩순이를 잡지 못하자 경인은 우리에게 도움을 청해 왔다.

"저 좀 도와주세요⋯."

그는 내 얼굴을 제대로 바라보지 못하며 웅얼거렸다. 나는 결국 걸쇠가 풀린 집 안으로 들어섰다.

"콩순아! 콩순아 이리 와."

양해를 구하고 청임이 그 뒤를 따라 들어왔고, 욕쟁이 할머니까지 당당하게 집 안으로 입성했다.

"콩순아! 으이구 참!"

우리 셋이 콩순이를 코너로 몰아 겨우 잡았다. 하지만 책망하는 마음보다는 고마운 마음이 컸다. 콩순이가 아니었으면 경인은 결코 우리를 집에 들이지 않았을 테니까. 콩순이를 품에 안은 내 옆에 청임이, 그리고 내 앞에 욕쟁이 할머니가 섰다. 우리 셋의 결연한 모습에 경인은 난처해하며 아무 말도 하지 못했다. 다시 나가라고 할 수도 없으니 눈치만 보고 있는 것 같았다. 그때 욕쟁이 할머니가 말했다.

"손님들 이렇게 서 있게 할 셈이야? 냉큼 뭐라도 내오지 못해?"

불호령에 놀란 경인은 냉큼 주방으로 들어갔고 나와 청임은 웃음을 참느라 애를 썼다.

그가 내온 비타민 음료수 세 개와 커피맛 과자. 우리는 그걸 받아 마시고는 한참을 말없이 서로의 눈치만 봤다. 침묵을 먼저 깬 건 경인이었다.

"죄송해요."

"뭘요, 괜찮아요."

나는 그가 민망해할까 봐 얼른 답했다.

"죄송해야지!"

"민망해야지!"

그때 욕쟁이 할머니와 청임이 라임을 딱딱 맞추며 오히려 따지듯 말했다. 그 모습에 나와 경인은 고개를 숙인 채 할 말을 찾지 못하고 그대로 굳었다.

"거 젊은 청년이 이러면 돼? 늙은이 오라 가라 하고 어?"

"거 MZ가 이러면 돼? 반차나 쓰게 하고."

어느덧 마음이 척척 맞은 둘은 계속해서 경인을 몰아붙이기 시작했다. 그 모습에 웃음이 터졌다. 내 웃음소리에 경직되었던 분위기가 풀렸다.

"죄송합니다."

"저도 죄송합니다."

"어떡할 거야?"

"네?"

욕쟁이 할머니의 물음에 경인은 진심으로 당황한 듯했다.

"노동으로 갚는다. 알겠어?"

"네?"

그는 어안이 벙벙한 상태로 반문했다.

"따라오라고!"

할머니는 벌떡 일어서서 문 앞에 놓인 빈 물통 두 개를 그에게 안겼다.

"건장한 청년이니 뭐, 이 정도는 아무것도 아니겠지."

앞으로 어떤 상황이 펼쳐질지 머릿속에 훤히 그려졌다. 참을 수 없는 미소가 귀까지 걸렸다.

"우리도 일어서야지. 잘 다녀오세요!"

거역할 수 없는 할머니의 불호령에 경인은 엉거주춤 일어섰다. 얼떨떨한 표정으로 우리 쪽을 힐끔힐끔 쳐다보다 할머니 뒤를 쫓아 나갔다.

5시간 뒤, 낯선 번호로 메시지가 왔다.

죽는 줄 알았어요. 이게 진짜 죽을 거 같은 거네요.

경인의 엄살에 나는 푸하하 웃음을 터뜨렸다. 뜬금없이 산을 타느라 고생한 탓에 아무 생각도 할 수 없었을 그에게 엄지 척 이모티콘을 보냈다. 그리고 링크 하나를 보냈다.

다음 날, 접속한 위플릭스 계정에는 새로운 프로필이 하나 더 생겼다. 콩순이언니와 요구르트언니 옆, 약수터머슴이었다.

에필로그

요즘 무슨 일이라도 있어? 그렇게 열심이더니….

오픈채팅 방에서 만나 부의 완성 챌린지를 같이 하던 헤이덤 덤 언니에게서 오랜만에 메시지가 왔다. 나는 뭐라고 대답해야 할 지를 한참 고민하며 메시지를 썼다 지우기를 수십 번 반복했다.

그냥 일신상의 변화라고 생각해주세요….

아니, 무슨 사직서도 아니고 일신상의 이유야? 자세히 좀 말해봐.

하지만 그녀에게 지금까지 내게 있었던 일들과 변화된 내 마 음을 모두 설명하기란 쉽지 않았다. 나조차도 이해가 가지 않는 점도 있었고.

'내가 왜 이렇게 됐지?'

배달 일을 하며 사람들을 만나기 전까지만 해도 나는 부자가 되는 데 혈안이 되어 있었다. 무조건 1억을 모아야 한다고 생각해, 같은 생각을 지닌 생면부지의 사람들과 모여 돈 이야기만을 나눴다. 돈 생각뿐인 사람들과 돈 이야기만 하니 1억을 모으지 않으면 안 된다는 이유 없는 위기감을 느끼기 시작했다. 1억을 모으고 그 돈을 기반으로 사업을 시작해야지, 그래서 부자가 되어야지. 내게는 그 생각뿐이었다.

'1억이 다 모일 때까지는 뭐 다른 것 할 생각도 하지 마. 여행도 가지 마. 택시도 타지 마. 사람들한테 선물하는 것도 사치야.'

'부자가 되면 세상 보는 시야가 달라질 테고 돈을 모으면서 터득한 방법을 이용해 더 큰 부자가 될 수 있을 거야.'

3년 안에 1억을 모으겠다는 목표를 달성하려면 1년에 3천만원이 조금 넘는 돈을 모아야 했다. 그래서 시급을 받는 일보다 내가 어떻게 하느냐에 따라 돈을 더 많이 벌 수 있는 일을 찾았고, 그게 바로 요구르트 배달 일이었다.

야심찬 포부로 요구르트 배달 일을 시작했지만, 사람들을 만나며 동력을 완전히 잃어버렸다. 청임을 만나고 욕쟁이 할머니를 만나고 또 함군을 만나며 내가 어떤 일을 할 때 가장 즐겁고 보람을 느끼는지, 내가 계속 하고 싶은 일은 무엇인지 진지하게 생각해보게 되었다. 그리고 내가 하고 싶은 일은, 내가 좋아하는 일은 온기가 필요한 사람들 곁에서 그를 나누어주는 일이라는 사실을 깨달았다.

진짜 내 가슴을 뛰게 하는 목표가 생기니 목적 없는 부만을 더 이상 쫓고 싶지 않아졌다. 돈 모으는 데만 관심이 있는 사람들과 돈 이야기를 더 이상 하고 싶지 않았다. 내가 이야기를 나누고, 소통하고 싶은 사람들은 다른 곳에 있었다. 나는 오픈채팅 방을 나왔고, 언니와도 더 이상 연락을 하지 않았다.

'1인가구' '독거노인' '고립청년' '자립청년'

나의 새로운 관심사가 된 이 키워드로 검색을 하기 시작했다. 어딘가 이들과 함께 내가 할 수 있는 일이 있을 거라 믿으면서. 그리고 나는 '1인가구 지원센터'를 찾아냈다. 홈페이지에 들어가니 팝업으로 뜨는 공고가 눈길을 사로잡았다.

'혼자여도 좋지만, 함께여서 더 좋은 우리!'
서울시에서 1인가구를 위한 프로그램을 운영합니다.

대상
:거주지가 서울이거나 직장 또는 학교 소재지가 서울인 1인가구.

프로그램

① 교육·여가 : 공통 / 심리지원 / 건강안전 / 주거경제 / 취미여

   가 / 반려동식물

② 상담

③ 사회적 관계망 : 동아리 사업, 자조모임, 1인가구 봉사단, 여행

왠지 심장이 간질거렸다. 콩콩 두근거리는 가슴께를 누르며 공지사항 게시판에 들어가자, 가슴을 애써 가라앉힌 보람도 없이 거대한 설렘이 밀려왔다.

— 1인 가구 전월세 안심계약도움서비스 안내

— [당첨자 발표] 서울시 병원 안심동행서비스 이벤트 당첨자 발표

— 중장년 1인가구 문화.과학 체험 프로그램 신청 안내

— [채용 공고] 관심구 1인가구 지원사업 팀원 모집

'모두를 아우를 수 있는 일이잖아!'

나는 홀린 듯 며칠에 걸쳐 집중하고 또 집중해서 자기소개서를 쓰고 전송 버튼을 눌렀다. 공고 기간이 끝나자, 마침내 연락이 왔다.

"저… 여울 님, 면접을 보러 와 주실 수 있을까요? 그런데 저

희가 사실은 사회복지사 자격증이 있으신 분을 우대하긴 합니다. 면접 오시기 전에 그 점은 좀 알아두셨으면 좋겠어요."

"아, 네. 괜찮습니다. 기회를 주셔서 감사해요."

이틀 뒤, 나는 관삼구에 위치한 1인가구 지원센터로 향했다.

"김여울 씨, 반갑습니다. 저희 1인가구 지원센터에 지원해주셔서 고맙습니다."

"별말씀을요. 제가 더 감사합니다."

"사실 저희가 다양한 사업들을 진행하다 보니까 사회복지사 자격증이 필수는 아니지만 소지하신 분들을 좀 더 우대하는 부분이 있어요. 그래서 사실 여울 님께 연락을 드리기까지 고민이 많았습니다만, 워낙 자기소개서의 내용이 생생하고 하신 일이 저희 일과도 관련이 깊어서 직접 뵙고 이야기 들어보면 좋겠다 싶었어요."

"네, 요구르트 배달 일을 시작하고 나서 제게 많은 변화가 있었어요. 이렇게 말씀드리면 조금 황당하실 수 있는데, 이전에 저는 항상 돈을 많이 벌어 부자가 되자는 목표만 바라보며 살았거든요. 그런데 배달 일을 하며 세 사람을 만났고, 제 인생이 달라졌어요. 자기소개서에도 말씀드렸듯이 오래도록 세상 밖으로 나오지 못했던 제 또래 청년과 기백이 남다르지만 남은 생도 혼자 사실 수밖에 없는 어르신 그리고 제가 감히 상상조차 못해본 청소년기를 보낸 자립 준비 청년 덕분이지요. 동기야 어쨌든 제가 돕겠다고 나선 분들이었는데, 오히려 제가 그분들에게서 많이 배웠어요. 이 경험을 통해서 저는 사람의 온기가 필요한 분들을 찾아 그분들 곁에 오래도록 머물며 온기를 나누는 사람이 되고 싶어졌습니다. 하지만 여전히 관련 분야 공부가 부족한 건 사실이어서, 이번에 채용되지 못한다 하더라도 계속 이런 기회를 찾아 도전하고 공부하며 다른 사람에게 온기를 전하는 일을 하려고 노력할 거예요."

"사람들에게 온기를 전하는 일에 대한 애정이 느껴지네요. 알겠습니다. 그 점 저희가 참고하도록 할게요."

거짓 없이 있는 그대로, 생각하는 바를 솔직하게 대답하니 면접이 하나도 떨리지 않았다. 후회도 없었다.

따라다란. 따라다란.

새벽 4시에도 벌떡 일어나던 내가 이 시간에 일어나지 못할 리는 없을 거라고 생각했지만, 사람의 일에는 항상 '만약'이 존재한다. 혹시 몰라 전날 알람을 다섯 개는 맞춰놓고 잠자리에 들었다. 그런데 새벽 2시까지도 눈이 말똥말똥해서 결국 소주를 두어 잔 마신 뒤에야 겨우 잠들 수 있었다.

"하! 드디어 출근이구나."

7시 20분에 가까워지자 뒹굴거리던 몸을 일으켜 화장실로 가 기지개를 시원하게 켜고 출근 준비를 시작했다. 샤워하고 머리를 말리며 오늘 처음 개시하는 롤로 머리를 말았다. 차근히 준비하면서도 사실 몸은 경직된 상태였다. 그간 하던 일 말고 새로운 일을 시작한다는 설렘보다 두려움이 앞섰기 때문이었다. 길 위에서 내 마음대로, 나만의 방식으로 일하던 내가 이제는 여러 사람과 함께 있는 사무실에서 정해진 규율에 맞추어 일할 수 있을까 싶은 걱정 섞인 의문이 꼬리에 꼬리를 물었다. 나는 내 사업을 할 생각만 했지, 회사에 입사하는 건 남의 이야기라고만 생각했는데 이런 날이 오다니 여전히 믿기지 않았다.

"나 진짜 잘할 수 있을까?"

"감사합니다!"

간발의 차이로 떠나려고 하는 버스에 간신히 올라탔다. 콩나물시루 같은 만원 버스였다. 나는 그냥 서 있기도 힘들었는데, 어떤 사람은 이 와중에 여유롭게 스마트폰 게임을 하고 있었다. 시간이 흐르면 나도 이 빽빽한 출근 버스가 익숙해지려나?

다음 정류장에 정차하자 한 무더기의 사람들이 내리고, 또 한 무더기의 사람들이 올라탔다. 억지로 조금씩 무리를 밀며 버스 안쪽으로 자리를 잡자 온몸이 금세 땀범벅이 되었다. 아직 진짜 여름은 시작도 안 했는데. 만원 버스 안에서 겪은 출근길은 내게 직장인의 애환을 예고편으로 보여주는 듯했다. 앞으로 겪을 통근 생활이 제법 맵겠다는 불길한 예감에 몸이 한껏 더 움츠러들었다.

사무실 안은 텅 비어 있었다. 내가 첫 번째로 온 게 분명했다. 8시 20분. 출근 시간은 9시까지니 40분 정도 일찍 온 셈이었다. 나는 어디에 어떻게 있어야 할지도 감이 오질 않았다. 드라마에서 보면 직장인들은 출근하자마자 탕비실에 들어가 자연스럽게 커피 한 잔을 타서 자기 자리에 앉던데, 나는 지금 무엇이 어디에 있는지도 알지 못하니 섣불리 움직이기도 어려웠다. 나는 주춤거리며 모니터가 없는 빈자리에 걸터앉아 무릎 위에 가방을 올려놓고는 한참을 정자세로 기다렸다. 그때 누군가 사무실 안으로 걸어 들어오는 소리가 났다. 나는 얼른 일어나 목청껏 인사를 했다.

"안녕하세요!"

그러자 상대는 화들짝 놀라 손에 들고 있던 아이스 커피를 땅에 떨어뜨렸다. 나는 당황해 어쩔 줄 몰라 우두커니 서 있다가 얼른 정신을 차리고 책상 위 티슈를 얼른 가져가 바닥을 닦왔다.

"어유, 미안해요. 여울 씨죠?"

"아, 네! 놀라게 하려고 그런 건 아닌데요…. 죄송합니다."

"아녜요. 제가 잘못했죠, 뭐. 이렇게 씩씩하게 인사하시는 분 처음 봐서요."

같이 엎드려 바닥에 흘린 음료를 치우는 사람은 바로 얼마 전에 면접을 본 과장님이었다. 나는 너무 민망해서 최대한 고개를 들지 않고 바닥을 닦는 데만 집중했다. 다행히 과장님은 별로 신경 쓰지 않는 듯했다. 바닥에 흘린 음료를 다 치우자, 과장님은 사무실 곳곳을 안내해주기 시작했다.

"여기가 탕비실이고요. 뭐 별 건 없지만 주전부리 여기에 갖다 놓으면 드시면 되고 음료는 타서 먹는 것밖에는 없어요, 여울 씨. 참, 여울 씨라고 불러도 되죠?"

"네, 그럼요."

"이쪽으로 오세요."

그다음으로 내 자리를 안내해주었다. 앉으면 얼굴의 절반 정도가 가려지는 파티션에 전화기 한 대 그리고 컴퓨터가 놓여 있었다.

"이제 이 자리 쓰면 되고요. 오늘은 첫날이라 정신없을 거예요. 참, 실무는 여울 씨가 더 잘 알 테니까 현장 일은 잘 좀 부탁할게요."

"제가요? 네. 알겠습니다."

멋쩍은 나머지 나는 머리카락 끝을 손으로 비비 꼬았다. 본격적인 업무를 개시하기까지 아직 20분이나 남았다. 나는 가방 바닥에 고이 넣어 두었던 스마트폰을 꺼냈다. 메시지가 여러 통 와 있었다.

오늘 출근 첫날이지? 열심히 하고! 늘 응원한다. ^^

서계동 여사님에게서 온 메시지를 읽자 얼굴에 웃음이 번지는 걸 참을 수 없었다. 동시에 여사님이 매번 챙겨주던 아침이 생각났다. 구운 달걀. 정말 맛있었는데… 자연스럽게 입안에 침이 고였다. 앞으로 그렇게 내 아침을 챙겨줄 동료를 만나긴 어려울 것이다.

여울 씨 없으니까 대리점이 아주 고요해. 우리 막내 보내고 나니 참 허전하다. 어쩐대. 힘들면 언제든지 돌아와도 돼.

동계동 여사님의 메시지도 도착했다. 여사님의 사람 좋은 얼굴을 떠올리니 괜스레 마음이 짠했다. 눈물도 핑 돌았다.

감사합니다. 열심히 해서 여기서 꼭 살아남을게요! 첫 월급 타면 꼭 대리점 들러서 한턱 크게 쏠게요.

나는 호기롭게 답장을 보냈다. 누구보다 씩씩했던 막내로 오래 기억되도록.

정각이 되자 사무실 빈자리가 모두 찼다. 과장님은 일어서서 큰소리로 나를 소개하는 것으로 업무를 시작했다.

"여러분, 이쪽은 여울 씨예요. 다들 지난번에 봤죠? 이번에 정식으로 함께 일하게 되었어요. 우리 팀에 큰 보탬이 될 인재니까 잘 좀 부탁할게요! 다른 업무는 모르겠지만 현장 일은 빠삭하니까 도움도 좀 받고."

"반가워요! 잘 부탁드립니다."

"궁금한 거 있음 많이 물어보세요."

인상이 좋아 보이는 직원 둘이 자리에서 일어나 인사를 건넸다. 나는 90도로 인사를 하며 현장에서 갈고 닦은 싹싹함을 온몸으로 드러냈다.

"안녕하세요! 김. 여. 울입니다. 부족한 점이 많겠지만 잘 부탁드리겠습니다!"

내 패기 넘치는 인사에 놀란 직원 둘이 풉 하고 웃음을 터뜨렸다. 나는 마주보고 오히려 더 활짝 웃어 보였다. 과장님은 내 등을 두드리며 자리로 가서 일을 보라며 눈짓했다.

한창 일을 하던 중에, 과장님이 말을 걸었다.

"여울 씨, 저희 이번에 천사마을 독거노인분들 대상으로 안부전화 돌려야 하는데 해줄 수 있을까요? 현장 가기 전에 먼저 인사드리는 게 좋겠어요."

나는 목청부터 가다듬기 시작했다. 그 모습을 본 과장님은 배시시 웃으며 리스트를 메일로 보내주겠다고 했다. 받자마자 얼른 열어본 리스트에는 익숙한 이름들이 가득했다. 나는 얼른 수화기를 들었다.

"안녕하세요, 관삼구 1인가구 지원센터의 김여울입니다. 이필 순 어르신 맞으시지요?"

온기를 배달합니다

초판 1쇄 인쇄 2025년 5월 8일
초판 1쇄 발행 2025년 5월 22일

지은이   최하나

총괄   김명래
책임편집   김혜정
디자인   데일리루틴
책임마케팅   최혜령 박지수 도우리
마케팅   콘텐츠 IP 사업본부
해외사업   한승빈

경영지원   백선희 권영환 이기경 최민선
제작   제이오

펴낸이   서현동
펴낸곳   ㈜오팬하우스
출판등록   2024년 5월 16일 제2024-000141호
주소   서울특별시 강남구 테헤란로 419, 11층 (삼성동, 강남파이낸스플라자)
이메일   info@ofh.co.kr

ⓒ 최하나 2025
ISBN 979-11-94654-94-0 (03810)

한끼는 ㈜오팬하우스의 출판브랜드입니다.